イケメン社長の一途な愛は甘くて重くて焦れったい

★

ルネッタ🄻ブックス

CONTENTS

序章

「あっ」

十五階建てのオフィスビルから出たところで、高井戸桃香(たかいどももか)は足を止めた。

(ポーチをデスクの引き出しに忘れてきたかも……)

バッグの中を探ったら、案の定、忘れている。

せっかく一階まで下りたのに、また十階のオフィスに戻らなければいけないなんて。

普通ならそんなふうに面倒に感じるかもしれないが、桃香は逆に嬉(うれ)しかった。オフィスに戻れば、五年以上前からずっと片想(かたおも)いをしている大学時代の先輩、水澤壮真(みずさわそうま)社長にまた会えるからだ。

「ふふっ」

ついつい笑みが零(こぼ)れる。

現在二十五歳の桃香が働いているのは、壮真が五年前、大学院卒業直前に起業したアプリ開発企業、株式会社シャイニングブライトリーだ。

大学時代、外国語学部で英語を専攻していた桃香は、壮真に請われて三年前に入社した。以来、契約書や取扱説明書、ホームページなどの翻訳のほか、海外企業とのやりとりを担当している。

そんな彼に、初任給でなにかプレゼントしたくて欲しいものを尋ねたら、「誕生日にネクタイが欲しい」と言われた。それで、三年前の七月にネクタイをプレゼントして以来、毎年彼の誕生日にネクタイを贈っている。

去年はダークグレーの生地にシルバーとネイビーのピンドットがクラシカルな雰囲気のネクタイを贈った。四本目になる今年は上品なボルドー色のネクタイを選んだ。

明日の土曜日、彼にプレゼントする予定だ。

(今年で三十歳になるし……大人っぽい色を選んでみたけど……気に入ってくれるといいな)

ネクタイを締めた壮真の姿を想像したら、ついつい妄想スイッチがオンになる。

大好きな海外ロマンス小説で、ヒーローがネクタイを解くシーンがとてもエロティックに描写されていた。

壮真は一八〇センチを優に超える長身で、中学、高校時代はテニス部で活躍していたそうだ。今でも休日にスポーツをしているのもあって、肩幅が広くがっしりしているし、二の腕の筋肉なんて惚れ惚れ(ほぼ)してしまう。

暗めの茶髪は少し長めで無造作に整えられ、意志の強そうな目元が精悍(せいかん)な印象のイケメンだ。そんな彼がロマンス小説のヒーローのように、ベッドで桃香に覆(おお)い被(かぶ)さりながらネクタイを解いたら……。

きっとセクシーだろうなぁ、とうっとりしかけて、我に返った。

（壮真さんにとって、私は〝妹〟みたいな存在なんだから。彼が私に欲情してくれることなんてないのに……）

切なくなりながらオフィスビルの中に戻り、エレベーターの上ボタンを押した。エレベーターに乗って十階で降りると、すぐ前にシャイニングブライトリーのオフィスがある。

自動ドアの横にある社員用のドアから中に入り、落ち着いたブラウンのカーペットが敷かれた廊下を進む。

高層オフィスビルの十階ワンフロアを占める広いオフィスは、一面が大きな窓になっている。日中は明るい雰囲気だが、午後八時近い今はブラインドが下ろされていた。

オフィスを横切る通路を挟んで、右側には会議室が三室並び、左側には企画開発部や営業部などの部署が、シマごとにパーティションで仕切られている。

桃香が所属する総務部はフロアの中程にある。自分のデスクの引き出しを開けてポーチを取り出し、バッグに入れた。

そうして、オフィスの一番奥にある社長ブースに顔を向けた。姿は見えないけれど、デスクライトの明かりが漏れているので、壮真がまだ残っているのだとわかる。

（あとで電話するつもりにしてたけど、せっかくだから、明日の待ち合わせの時間を相談しよう）

お酒の種類が豊富で料理もおいしいバーを見つけたから、そこに壮真を連れていこうと計画している。でも、できればそれより早くから会って、少しでも長く一緒の時間を過ごしたい。

そんなことを考えながら、オフィスの奥に向かった。

社長ブースが見えてきて、桃香は足を止めた。壮真が一人ではなかったからだ。

壮真はチェアに座っていたが、彼の前には、桃香に背を向けてパンツスーツの女性が立っていた。

（藤原さんだ……）

壮真と同じ二十九歳の藤原清菜は、経理を担当している。ストレートのミディアムヘアに、スタイリッシュなライトグレーのパンツスーツが似合う、キリッとした美人だ。他社で二年経理に従事した経験があり、シャイニングブライトリー設立直後に入社した。

桃香より二年も早く入社して、ずっと壮真のそばにいる。

そんな清菜を、桃香はずっと羨ましく思っていた。

（壮真さんと藤原さん……仕事の打ち合わせかな）

それなら席に戻って待っていよう、と思ったとき、清菜の声が聞こえてきた。少し怒っているような口調だ。

「いくら妹みたいでかわいいからって、社長は桃香ちゃんに過保護すぎます。だいたい、桃香ちゃんのせいで、社長はまともに恋愛できてないじゃないですか」

自分の名前が聞こえてきて、桃香はビクッとなった。

聞いちゃいけないと思うのに、その場から動けなくなる。

清菜の声が話を続ける。

「そんなんじゃ、いつまで経っても結婚できませんよ？　あんな大きな妹を甘やかす男なんて、絶対にモテませんから。これ以上自分の幸せを犠牲にしないでください」

その言葉に、桃香は頭を殴られたようなショックを受けた。それは考えたこともない言葉だった。

（私のせいで……壮真さんの幸せが犠牲になってるの……？）

壮真の低い声が聞こえてくる。

「俺はモテたいわけじゃないし、自分が犠牲になっているとも思っていない」

「そういうところが犠牲になってるって言うんです」

清菜の言葉に壮真がなにか答えたようだが、桃香の耳に入ってこない。

清菜は手を伸ばして壮真のネイビーのネクタイを掴み、彼に顔を近づけた。

（やめて。私が壮真さんに贈ったネクタイを、そんなふうに掴まないで）

桃香が心の中で悲鳴を上げたとき、清菜の声が言う。

「そろそろ桃香ちゃんのお守りはやめて、今年の誕生日は私と一緒に過ごしましょうよ。大人同士のステキな夜にしてあげますから」

オフィスがしんと静まりかえり、清菜と壮真の姿が重なった。

桃香の心臓がドクンと波打つ。

（壮真さんと藤原さんが……キスしてる⁉）

桃香はよろよろと後退った。二人の姿がパーティションの陰になって見えなくなるやいなや、身を翻して走り出す。

（二人はずっとああいう関係だったの……？）

これまで三年間、桃香に誕生日を祝わせてくれたから、壮真に恋人はいないのだと勝手に思い込んでいた。

褒めるときに頭を撫でてくれたり、退社時刻が遅くなると心配して電話をくれたりする彼に、女性として見られていない――もっと言うと、清菜が言うように『妹みたい』にかわいがられている――ことはわかっていた。

わかっているつもりだった。

だけど、重なった二人の姿が脳裏に焼きついて離れない。

胸がズキズキと痛んで苦しい。

見惚れてしまうようなイケメンの壮真と、キリッとした美人の清菜は……二人とも大人の魅力があって……お似合いだ。

今までなにもなかったのがおかしいくらい……。いや、桃香が気づいてなかっただけで、本当はずっとなにかあったのかも……。

『そろそろ桃香ちゃんのお守りはやめて、今年の誕生日は私と一緒に過ごしましょうよ』

清菜の声が耳に蘇り、涙の予感で鼻の奥がつんと痛くなった。

エレベーターが到着し、桃香は逃げるように乗り込んだ。

オフィスビルを出て、歯を食いしばりながら駅に向かう。

金曜の夜の通りには、近くの飲食店から出てきた人たちや、これから食事に向かう人たちがたくさんいて、みんな楽しそうだ。そんな賑やかな笑い声の間を、一人足早に抜ける。

「う……っ」

こらえようとしても涙が込み上げてきて、桃香は立ち止まって目頭にギュッと力を込めた。

明日も壮真と一緒に過ごせるのだと、なんの疑いもなく信じていた。だって、ずっとそばにいてくれたから。

けれど、壮真が桃香のことを気にかけてくれるのは、桃香が彼と同じ経験をしたから。彼が祖父を過労で亡くしたように、桃香も父を過労で亡くしたからだ——。

桃香の父は桃香が大学二回生の夏に帰らぬ人となった。

六年近く前のことだが、その日のことは今でも忘れられない。いつもはそんなことなどなかったのに、玄関ドアが開く音で夜中に目が覚めたのだ。

(お父さんが帰ってきたんだ……)

ぼんやりした頭でそう思ったが、お帰りと声をかけることなく、そのまま心地よい眠りに戻った。

その翌日、父はリビングルームのソファで座ったまま冷たくなっていた。

お風呂に入る前に少し休むつもりで座ったのか、職場で着ているグレーの作業着姿のままだった。そんなにも一生懸命働いてくれていたのに、桃香は父の異変に気づかなかった。気づけなかった。

そして、その罪悪感に押しつぶされそうになっていたときに、壮真と出会った。

桃香があまりにふさぎ込んでいるのを心配して、友達の里穂が映画好きの桃香を映画研究サークルの集まりに連れていってくれたのだ。

大型スクリーンのあるプライベートシアターをレンタルして、みんなで映画を観るという集まりで、その日は当時大学院生だった壮真も、後輩に誘われて来ていた。

桃香は里穂と一緒に、三列あるソファ席の一番後ろに座った。

一本目は英国貴族の恋愛を扱った映画で、桃香は久しぶりに父の死以外のことを考えながら観た。

二本目は二十年以上前に大ヒットしたというSF映画だった。

地球の人々が国を超えて協力し、襲来してきた宇宙人と戦うという内容だ。本当ならアクションにドキドキワクワクする映画なのに、父親が十代後半の娘をかばって死んだシーンで、息が止まりそうになった。

父親の首がガクリと垂れ、娘の悲嘆の叫び声がシアターに響く。

ドクドクドクと鼓動が激しく打ち、胸が苦しい。

額に冷や汗が浮かんで、呼吸が浅くなる。

桃香は耐えきれなくなって席を立った。里穂が気づいて立ち上がろうとするので、桃香は里穂の腕に手を置いて囁く。

「トイレに行くだけだから」

それでも里穂が心配そうなので、桃香は口角を上げて無理やり笑みを作り、首を左右に振った。

「大丈夫だから」

桃香はバッグを持って部屋を出た。ドア横で壁にもたれて息を吐く。手の甲で額を拭い、深呼吸を繰り返すうちに、どうにか呼吸が落ち着いてきた。

けれど、まだ中に戻る気にはなれなかった。

(少しだけ……)

外の空気を吸おうと、プライベートシアターの外に出た。建物から出た途端、刺すような強い日差しに目がくらみそうになる。

額に手をかざして辺りを見回した。

八月下旬の午後はうだるように暑くて、周囲に人の姿はない。

駐車場の外れに自動販売機があり、その横にベンチがあった。

桃香はベンチに近づき、腰を下ろした。ちょうど木陰になっていて、蒸し暑さがほんの少しだけ和らぐ。

桃香は膝に肘を突いて両手で顔を覆った。目の奥がじわじわと熱くなって、静かに涙が零れる。どれだけ泣いても、罪悪感は洗い流されず、募るばかりだ。

しばらく涙が流れるに任せていたが、いつまでもこうしてはいられない。里穂が心配して捜しに来るかもしれない。

桃香は顔を上げて手で涙を拭った。けれど、いくら拭っても、涙が溢れてくる。

「はぁ……」

ため息をついてバッグを開け、ハンディタオルを探したとき、目の前に男物の紺色のハンカチが差し出された。

驚いて見上げたら、背の高いイケメンが立っていた。桃香たちがプライベートシアターに着いたとき、少し遅れてやって来た男性だ。

桃香は泣いている理由を訊かれたくなくて、ふっと視線を逸らした。そんな桃香の頭上から、低くて穏やかな声が降ってくる。

「こう暑いと、汗が目に染みるよね」

どうして泣いてるの？　なにがあったの？

そんな言葉をかけられるものだと思っていた桃香は、男性の言葉にきょとんとした。不思議なことにそのせいで涙が止まる。

「どうぞ使って」

男性にハンカチを差し出されたが、桃香は首を横に振った。

「ありがとうございます。でも、大丈夫です」

桃香はバッグの中からハンディタオルを出して目元を押さえた。男性はポケットにハンカチを戻して、自己紹介をする。

「俺は経営学部修士課程の水澤壮真って言うんだ。院に入ってからは、忙しくてサークルにほとんど参加してないんだけど、今日は後輩に誘われて久しぶりに来てみたんだよ。君は里穂ちゃんの友達？」

「あ、はい。外国語学部英語専攻の高井戸桃香と言います」

「桃香ちゃんか。よろしく」

「あ、はい」

「俺、あの映画、前にも観たんだよなぁ」

壮真はそう言って桃香の隣に腰を下ろした。イケメンに急に距離を詰められ、桃香は驚いてバッグを胸元にギュッと引き寄せる。

「……あ、あの……里穂が心配するかもしれませんから」

もう戻ります、と桃香が言うより早く、壮真が彼女の目を覗き込むようにして言う。

「その顔で戻った方が心配すると思うよ」

そう言った壮真の低い声がとても優しくて、桃香は瞬きをした。

桃香を見つめる彼の目には、思いやりといたわりがこもっている。

「無理してなんでもないフリをしなくていいんだよ」

その言葉がじんわりと心に染みてきて、また目頭が熱くなる。

「……でも、私には誰かに慰めてもらう資格なんてないんです」

つい桃香の口から本音が零れた。

目の前の壮真は、ただ静かに桃香を見つめている。その眼差し（まなざし）が桃香の苦しみや痛みを理解しようとしてくれているように見えた。

桃香は迷いながらも、ぽつりぽつりと言葉を発する。

「実は……四週間前に……父が……亡くなったんです……」

声が震えてうまく話せない。それでも、優しい目をしたその人に聞いてほしくて、桃香は少しずつ言葉を紡いだ。

「過労で……いつも遅くまで働いてくれていて……それなのに私は……」

思い出すとつらくて、何度も言葉に詰まりながら、涙を拭いながら話す。

「お母さんは……自分を責めなくていいって言ってくれるけど……でも、私は……どうしても自分が許せないんです」

ようやく話し終えて、両手を膝の上でギュッと握りしめ、歯を食いしばって涙をこらえる。

「許していいんだよ。お父さんは絶対に桃香ちゃんを責めていないはずだから」

壮真は桃香の手にそっと右手を重ねた。

桃香は驚いて壮真を見る。彼の目が潤んでいることに気づいた瞬間、桃香の目から涙が一気に溢（あふ）れ出した。

「ご、ごめんなさ……っ」

桃香は慌てて手の甲で目元を拭った。

「大丈夫」

壮真は桃香の肩に左手を回してそっと引き寄せた。

会ったばかりの人なのに、胸の内を打ち明け、広く大きな胸に包み込まれている。

本当なら考えられないことだけど、優しく髪を撫でられるうちに、桃香は張り詰めていた心が少しずつ解けていくように感じた。

(あったかい……)

胸にぽっかりと空いていた穴が、少し埋まった気がした。

桃香はそろそろと顔を上げて彼を見た。

「あの、ありがとうございました」

桃香が笑みを作った拍子に、目尻から涙が一筋零れた。

「いいんだよ」

壮真は指先で桃香の涙をそっと拭った。その思いやりに満ちた笑みは、忘れられないほど温かく、胸が締めつけられるほど優しかった。


その少しあとに、壮真自身も一年ほど前に祖父を過労で亡くしていたことを話してくれた。著名な陶芸家だった祖父が、展覧会に向けて仕事を優先し、無理がたたって亡くなったのだと。

離れて住んでいたとはいえ、初孫としてかわいがってもらった思い出がある彼は、祖父の健康を気にかけていなかったことをひどく悔やんだのだそうだ。

罪悪感に苛まれ、なにかできたのではないかと悩み続けた。そのうち、気軽に健康管理に役立てられるアプリがあれば、デジタル機器に疎かった祖父も、もしかしたらもう少し健康に気を遣っていたかもしれない、と考えるようになった。それがきっかけで、アプリ開発を仕事にしようと思ったのだと打ち明けてくれた。

そんなふうに痛みを共感し合い、つらいときにそばにいてくれた壮真のことを、気づけば好きになっていた。

けれど、気持ちを伝えることはできなかった。気持ちを伝えたせいで、彼との関係が壊れて、彼のそばにいられなくなるのが怖かったからだ。

(でも……〝妹〟がいつまでもそばにいられるわけ、なかったんだよね……)

視界が滲(にじ)んで、涙が頰(ほお)を伝った。一刻も早く家に帰りたくて、桃香は手の甲で涙を拭って駆け出した。

第一章　脱〝妹〟のための一大決心

そうして泣きながらシャワーを浴びてベッドに入ったことは覚えている。

（だから、これは絶対に夢だ）

桃香はぼんやりした意識の中で思った。

なぜなら、桃香は華やかな柄の桃色の振袖を着ていたからだ。二十歳の成人式のときに、実家の近くの美容院で着付けてもらったものだ。

地元の市民ホールで開かれていた式典が終わり、振袖や袴、スーツ姿の新成人たちがぞろぞろと出口に向かう。

桃香は中学時代の同級生とホールを出た。

「桃香も夜の同窓会行くよね？」

彼女に訊かれて、桃香は頷いた。

「うん。これから美容院に戻って着替えてからだけどね」

「私はレンタルショップで着付けしてもらったから、急いで行かなきゃなんだ」

彼女は広い駐車場を見回し、一台の白いセダンに目を留めた。

「あ、いた！　お父さ〜ん」

彼女が手を振ると、セダンの運転席の窓が下がって五十歳くらいの男性の顔が覗（のぞ）いた。彼女の父親で、娘の姿を見て目を細めている。

（お父さんが……迎えに来てくれてるんだ）

その同級生だけでなく、ほかにも何人か父親が迎えに来ていた。半年前に父を亡くした桃香にとって、それは羨ましくも胸が痛い光景だった。

「じゃあ、桃香、あとでね」

彼女は桃香に手を振り、桃香は笑顔を作って手を振り返した。彼女が背を向けて階段を下り、桃香は笑みを消す。ゆっくり階段を下りて駐車場の前を通り抜けようとしたとき、男性の声に名前を呼ばれた。

「桃香ちゃん」

それは壮真の声のように聞こえた。

まさか、と思いながら、声がした方向を見たら、黒のＳＵＶから壮真が下りてきた。彼はかわいらしいピンクのバラの花束を抱えて、桃香に近づいてくる。

「桃香ちゃん、成人おめでとう」

壮真がなぜ桃香の地元にいるのかわからず、桃香は瞬きをした。

「ど、どうして……？」

「前に桃香ちゃんが成人式の話をしてくれただろ？　だから、どうしても直接お祝いの言葉を伝えたいと思ったんだ」

壮真は照れた表情で微笑んだ。

大学の近くで一人暮らしをしている壮真の部屋からこの市民ホールまで、車で一時間はかかる。

（私のために……わざわざ？）

桃香は信じられない思いで、ぽかんと口を開けて壮真を見た。

壮真は困ったような表情になる。

「今からなにか予定があったのかな？　花束、邪魔になるよね。連絡せずに来てごめん」

その言葉にハッとして、桃香は首を左右にぶんぶんと振った。

「ううん、同窓会があるけど、夜からだから大丈夫です！」

「それならよかった。改めて、成人おめでとう」

壮真が花束を差し出し、桃香は両手を伸ばして受け取った。バラの甘い香りにふわんと包まれ、目頭と胸が熱くなる。

「……ありがとうございます。すごく嬉しいです」

「よかったら車で家まで送るけど……もしかして先約があった？」

壮真の言葉に桃香は首を傾げた。

「先約？」

「ああ。男友達とか彼氏とか……桃香ちゃんを迎えに来るのかな？」

壮真が遠慮がちに言い、桃香はまたもや激しく首を左右に振る。

「彼氏なんていませんっ。タクシーをつかまえようと思ってたんです！　壮真さんが送ってくれたらすごく嬉しいです」

「それなら、ぜひ送らせて」

「ありがとうございます！」

壮真が助手席のドアを開けてくれたので、桃香は顔を輝かせていそいそと乗り込んだ。


そのときの幸せな――今から思えば幸せすぎる――気持ちを思い出して、目にじわじわと涙が滲んだ。そのせいですっかり覚醒し、幸せな夢は終わってしまった。

「はあぁ……」

桃香は重いため息をついて目を開けた。

ライトグリーンのカーテンの隙間から細く明かりが差し込んでいて、いつの間にか朝になっていたことに気づく。

昨日、泣きながら眠ったせいか、まぶたが腫れている気がする。一晩眠れば少しは失恋の痛みが治まるかと思ったが、そんなことはない。

（成人式のときみたいに、壮真さんはいつも私を気にかけて、なにかと力になってくれるから……私はずっと甘えちゃってた。私のせいで壮真さんが結婚できないとか……考えたことなか

ったな)

願わくは私を好きになってほしい。そんなことばかり考えていた。なんて図々しかったのだろう。

自己嫌悪に陥りながら、白い天井をぼんやりと眺めていたら、どこからか低い振動音が聞こえてきた。ソファに起きっぱなしにしていたバッグの中で、スマホが着信を受けて震えているのだ。

(誰だろ……)

のろのろとベッドから下りたとき、振動音がやんだ。

バッグからスマホを取り出して画面を見たら、十時五分という時刻表示の下に、壮真からの不在着信が表示されている。

履歴を確認すると、昨日の午後九時にも彼から着信があった。

(藤原さんと過ごすから今年は会えないって言われるんだろうな……)

そんなことを言われたら、絶対に平気な声を返せない。落ち込んだ声を出すか……泣いてしまうかもしれない。

そうなったら、間違いなく彼に心配される。そして、万が一桃香の気持ちに気づかれてしまったら……もう今までみたいにそばにいられなくなるだろう。

それだけは嫌だ。

自分の方から今日は予定があるとメッセージで伝えよう。

平気な声が出せるようになるまで、彼と距離を置こう。

そう思ってメッセージアプリを立ち上げ、トーク画面を開いた瞬間、壮真からメッセージが届いた。

【おはよう。今日の予定が訊きたくて電話したんだ。メッセージを見たら、連絡してほしい】

トーク画面を開いていたので、壮真のメッセージに既読がついてしまったはずだ。

無視するわけにもいかず、どう返信しようか迷っているうちに、壮真から次のメッセージが届く。

【今日はなにか予定があるの？】

【おはようございます。特にございませんが、なにかご用でしょうか】

桃香のよそよそしい文面に対し、すぐに返信がある。

【なにか怒ってる？　それとも不満があるのかな？】

【そういうのではありません】

メッセージに既読がつくやいなや、壮真から電話がかかってきた。桃香は驚きながらも、通話ボタンをスワイプする。

「なんでしょうか」

桃香が押し殺した声で応答すると、苦笑混じりの声が返ってきた。

『なにか不満があるんだな。俺に言いたいことがあるとき、桃香ちゃんは敬語になるからすぐにわかる』

「普段から敬語ですけど」

『ん～、普段の敬語とは、ちょっと違うんだよなぁ。やたら丁寧というか、よそよそしいというか』

「別に不満はありません」

桃香は小さくため息をついた。

不満があるというより、清菜のことを聞かされるのが嫌なのだ。

そんな桃香の気持ちに気づくことなく、壮真は屈託のない声で言う。

『それなら、いつもみたいに俺の誕生日を一緒に祝ってくれるね？』

壮真の質問の意図がわからず、桃香は低い声で呟く。

「……どうして私が」

『どうしてって、俺の誕生日はいつも桃香ちゃんが祝ってくれてたじゃないか。それとも……本当はもう俺と一緒に過ごしたくないのかな？』

壮真の声が寂しそうに聞こえて、桃香は慌てて否定する。

「そんなわけないじゃないですか！」

『だったら、今年もいつも通り祝ってほしい』

「でも、無理して私を誘わなくても、節目の年だし……本当に大切な人と過ごしたらどうですか？」

桃香は心の内を気取られないよう、できるだけ淡々とした口調で言った。けれど、笑みを含んだ優しい声が返ってくる。

『無理なんかしてないよ。俺にとって桃香ちゃんは本当に大切な子だから』

本当に大切な〝子〟と聞いて、桃香の口元に苦い笑みが浮かんだ。

どう考えても子ども扱いされている。

『だから、いつも通り、桃香ちゃんに祝ってほしい』

そのとき、昨日聞いた清菜の言葉が唐突に耳に響いた。

〝これ以上自分の幸せを犠牲にしないでください〟

本当なら清菜と過ごすはずなのに、桃香を優先しようとしてくれている。これこそ清菜の言う〝犠牲〟なのだろう。

桃香はパジャマの胸元をギュッと握った。

これ以上、彼を束縛して、彼が幸せになるチャンスを潰してはいけない。どうせ叶わないのなら、この行き場のない恋心にいいかげんお別れしよう。

そうは思うけれど、五年も想い続けた気持ちが、そう簡単に吹っ切れるとは思えない。

いったいどうしたら彼を諦められるのだろう？

（最後に……壮真さんが欲しい。心が手に入らないのなら……体を……）

そんな考えが頭に浮かんだ。けれど、子ども扱いされている桃香が誘ったところで、果たしてうまく行くだろうか？

（一度だけなら……酔わせたら……なんとかなる、かも……しれない）

自問自答しながら考え込む。

『桃香ちゃん？』

壮真に名前を呼ばれて、桃香はハッと我に返った。覚悟を決めて言葉を発する。

「あの、じゃあ、今日の夜、一緒に過ごしてもいいですか？」

『もちろん！　ずっと前から予定を空けてたんだから。何時に迎えに行こうか？』

「私が壮真さんの部屋に行ってもいいですか？」

『俺の部屋に？』

一人で行ったことはないので断られるかと緊張しながら、桃香は話を続ける。

「はい。壮真さんにご飯を作ってあげたいんです」

『それは嬉しいなぁ、すごく楽しみだ』

言葉通り明るい声が返ってきて、桃香はひとまず安堵した。

「特別なプレゼントも用意するので、受け取ってくださいね」

『ありがとう。でも、無理はしないで』

気遣うような優しい声だ。こんなふうに声をかけられたら、〝妹〟として大切にされているはずなのに、自分の都合のいいように解釈したくなる。

桃香は首を横に振って気持ちを立て直した。

「大丈夫です。それじゃ、六時に行きます」

『わかった、待ってるよ』

壮真の嬉しそうな声が耳に残る。明日になったら、彼はもうこんな声を聞かせてくれなくなるだろう。

（それでも、構わない）

通話を終えたとき、緊張と不安で胸がひどく苦しかった。

第二章　戻れない、戻らない

　電話を終えてからは忙しかった。まずは地下鉄でデパートやショッピングモールのある天王寺駅に向かった。ファッションビルの中にあるランジェリーショップに行き、過去に読んだロマンス小説のシーンと、ネットで検索した〝男性ウケ〟するシチュエーションをヒントに、セクシーな下着を探す。

　桃香は一五五センチに少し届かない身長で、よく言えばスレンダー、悪く言えば丸みに欠ける体型をしている。きっとすべて脱いでしまったら、壮真はそそられないだろう。

（セクシーなランジェリーの力を借りるしかない！）

　店の奥に、黒やラベンダー、赤など、ひときわ目を引くランジェリーのコーナーを見つけたとき、女性店員に声をかけられた。

「よろしければサイズをお測りしますので、おっしゃってくださいね」

「あ、はい、ありがとうございます。でも、大丈夫です」

　店員は会釈をして離れていった。桃香より少し年上のその店員は、ペールピンクのオフショルダーブラウスを着て、黒のダブルストリングの肩紐を見せている。肩紐は背中でクロスしていて、蝶のモチーフになっていた。

（わざと見せるのもアリなのか……）

桃香はドキドキしながら、奥のコーナーに向かった。

展示されているランジェリーはレースがふんだんに使われたり、リボンやパール、ストーンが縫いつけられたりしていて、普段、桃香が着けているものよりもずっと華やかだ。

肌が透けて見えそうなブラジャーや紐のようなショーツもあって、自分が着ける姿がイマイチ想像できない。

（私に似合うのかなぁ……）

ボリュームが足りないのに露出しすぎたら、逆に貧相に見えてしまうかもしれない。かといって、無難なものに逃げたら、壮真はそそられない気がする。

迷いながら眺めていたら、同い年くらいの女性が近づいてきて、白いレースをたっぷり使ったベビードールを手に取った。それにはTバックのショーツがセットになっている。

女性はストレートの黒髪が一見大人しそうな雰囲気だ。

（見た目はすごく清楚なのに、あんなに大胆なランジェリーを着けるんだ！　そのギャップがいいのかも……）

レジに向かう女性の姿に背中を押されて、桃香は壮真に贈るネクタイと同じボルドーのベビードールを選んだ。

ランジェリーを買ったあとは、デパートの地下食品売り場に行って食材を購入した。大急ぎで帰宅して、ネットで見つけたプロのレシピを参考に、とっておきのレアチーズケーキを作る。

クリームチーズの白い層とラズベリーを混ぜたピンクの層がきれいな二層のケーキで、表面にはラズベリーで作ったソースをかけた。白い層には白ワインを、ピンクの層とラズベリーソースには赤ワインを混ぜている。

ケーキを冷やしている間に、シャワーを浴びて念入りに肌のお手入れをして、買ったばかりのランジェリーを着けた。

ベビードールは繊細なレースを使った大胆なデザインで、肌が透けて見えるし、揃(そろ)いのショーツも布面積が驚くほど小さい。脇から胸を寄せてフロントでリボンを結ぶと、胸元がふっくら盛り上がってセクシーな丸みを演出できた。

（これならどうにか壮真さんもその気になってくれるかな。いや、なってもらわなくちゃ！）

そうしなければ、この想いを終わらせることはできないのだ。

桃香はとろんとした生地がきれいなベージュのシャツワンピースを着た。去年の誕生日に壮真がプレゼントしてくれたホワイトトパーズのピアスをして、五時半に部屋を出た。

彼が住んでいるマンションは、桃香の部屋から地下鉄で二十分ほどのところにある。

堂島川(どうじまがわ)沿いの二十階建てマンションに到着し、ダークグレーを基調とするその都会的な建物を見上げた。

彼の部屋にはこれまで二回来たことがある。

桃香が入社してしばらくした頃、壮真が「会社の近くに引っ越すことにした」と言ったのだ。

そのとき、清菜が「手伝いに行きましょうか？」と言ったので、桃香も「私も手伝います！」と便乗した。

それから数日後、引っ越し祝いと称して何人かの社員と一緒にテイクアウトの料理とお酒を持って訪れた。

そのときの壮真は、「アルコールに弱いから」と言って、最初に乾杯したビール一缶しか飲まなかったが。

桃香は大きく深呼吸をして、オートロックのパネルに二〇〇一と打ち込んだ。呼び出しボタンを押したら、すぐに壮真の声が応答する。

「桃香ちゃん！　どうぞ」

自動ドアが開き、エントランスに入った。

エレベーターに乗って最上階で下りると、二〇〇一号室のドアを開けて壮真が待っていた。カジュアルなホワイトシャツにチノパンというラフな格好だ。

「こんばんは」

桃香は緊張しながら声をかけた。桃香がケーキボックスの入った紙袋や食材の入ったエコバッグを提げているのを見て、壮真は表情を曇らせる。

「俺が迎えに行けばよかったな」

桃香は笑顔を作った。

「大丈夫です。壮真さんの誕生日なんだから、そんな気を遣わないでください」

「持つよ」

壮真は桃香の手から紙袋とエコバッグを取った。

「ありがとうございます」

彼に促されて、桃香はパンプスを脱いで廊下に上がった。２ＬＤＫの部屋は広々としていて、リビング・ダイニングは二十畳くらいある。壮真は紙袋とエコバッグをカウンターキッチンに運んだ。

「ケーキボックスは冷蔵庫に入れておくよ」

「お願いします」

壮真はケーキを冷蔵庫に入れて桃香を振り返った。

「なにを手伝ったらいい？」

桃香は首を横に振った。

「今日は壮真さんの誕生日だから、壮真さんはなにもしなくていいですよ」

「でも、桃香ちゃんだけに準備をさせるのは悪い」

「私が作りたいだけなので、気にしないでください」

桃香は壮真の背中を両手で押した。

「壮真さんはソファでゆっくりしててくださいね」

壮真は肩越しに振り返って桃香を見た。

「本当に？」

「はい」

「じゃあ、お言葉に甘えさせてもらおう。でも、手伝いが必要になったらすぐに言うんだよ」

「ありがとうございます。でも、言わないと思いますけど」

桃香が笑うと、壮真はつられたように微笑んだ。

彼が三人掛けのゆったりしたソファに座り、桃香は手を洗って、持って来たエプロンを着けた。あまり彼を待たせないように、急いで料理に取りかかる。

メニューはチキンのトマト煮込みだ。

タマネギやパプリカなど、たっぷりの野菜と一緒に鶏もも肉を煮込むだけの料理だが、簡単なのに見栄えがいいので、友達が泊まりに来るときなどによく作る。

チラリとソファの方を見たら、壮真はくつろいだ姿勢でビジネス雑誌を読んでいた。

少し目を伏せた横顔がかっこいい、と思ったとき、視線に気づいたのか壮真が桃香を見た。

「なにか手伝おうか？」

壮真が体を起こしたので、桃香は慌てて首を横に振った。

「いいえ、大丈夫です。壮真さんが退屈してないか気になっただけです」

「桃香ちゃんが料理をしてくれてるのに、退屈なんてするわけがない。楽しみで仕方がないよ」

桃香の思惑など知らない壮真の笑顔がまぶしくて、桃香はチクリと胸が痛み、視線を落とした。

「それならよかったです。でも、まだ少しかかります」

そうして具材をコトコト煮込む。そのうちいい香りがしてきたので、バゲットを切り始めた。

「いい匂いがしてきた」

壮真は雑誌を下ろして桃香の方を見た。

「もうすぐできますよ」

「食器の用意くらいは手伝わせて」

彼は雑誌をローテーブルに置いて立ち上がった。

「それじゃ、お願いします」

桃香はトースターでバゲットを温め、壮真が食器棚から出した白い皿に料理を盛りつけた。

それを壮真が四人掛けのテーブルに運び、フォークとスプーンを並べる。

桃香はエコバッグから赤ワインのボトルを取り出した。

「低アルコールのワインを見つけたんです。せっかくだから、乾杯しませんか？」

「わざわざ探してくれたの？」

壮真に訊かれて、桃香は頷く。

「壮真さんはお酒に弱いって言ってたけど、飲めないわけじゃないでしょう？」

「まあね」

壮真は桃香からボトルを受け取った。ラベルの五パーセントという表示を見て、感心したような声を出す。

「へえ、ビールと変わらないな。こんなのもあるんだね」

「このくらいなら大丈夫ですよね？」

「ああ」

壮真は食器棚からワイングラスを出してテーブルに並べた。スクリューキャップを開けてワインを注ぐ。

「桃香ちゃん、どうぞ」

壮真が椅子を引いてくれたので、桃香はエプロンを外して席に着いた。壮真は向かい合う席に座る。

「壮真さん、三十歳の誕生日、おめでとうございます」

桃香は心を込めて言った。

壮真の誕生日を祝うのはこれが最後になるだろう。

それを思うと胸が締めつけられたが、笑顔でグラスを掲げる。

「ありがとう」

壮真がグラスを持ち上げ、桃香は自分のグラスを軽く合わせた。一口含むと、低アルコールの赤ワインにありがちな甘ったるさはなく、フルーティながらも渋みと酸味が感じられる。

「うん、飲みやすくておいしいな」

壮真は数口味わって、グラスをテーブルに置いた。そうして料理の皿に視線を送る。

「前のマンションに住んでたとき、サークルのメンバーと一緒に鍋パーティをしたことはあったけど、桃香ちゃんが一人で料理を作ってくれたのって、これが初めてだね」

「そうですね。お口に合うといいんですけど」

「絶対に合うよ。桃香ちゃんが作ってくれたんだから、合わないはずがない」

そう言って笑う壮真を見ながら、桃香は口元に淡く笑みを浮かべた。

〝妹〟に甘い彼なら、まずくてもおいしいと言いそうだ。

「では、さっそく」

壮真はスプーンを手にとって、チキンを口に運んだ。桃香は緊張しながら、彼が食べるのを見守る。壮真はしばらく口を動かして味わっていたが、突然「ん⁉」と目を見開き、左手で顔を覆った。

「えっ、なんですか？　おいしくないですか⁉　変なものが混じってました⁉」

桃香は焦って腰を浮かせた。壮真は顔を押さえたまま首を小さく左右に振る。

「うますぎて泣きそう……」

「えぇぇっ⁉」

桃香が驚いてまじまじと見ると、壮真は手を下ろしてほぅっと息を吐いた。

「お世辞抜きで本当にうまい。桃香ちゃんにこんなにおいしい手料理をご馳走してもらえるなんて、今年の誕生日は今までで一番嬉しいな」

彼が本当に嬉しそうな表情をしているので、桃香は照れくさくなった。

「お、大げさですよ。切って炒めて調味料と一緒に煮込んだだけなのに」

桃香は頬を染めて小声で言いながら、椅子に座り直した。スプーンを取ってトマト煮込みを口に入れる。野菜の味が濃縮され、チキンも軟らかく煮込めている。普段通りの出来映えであることにホッとした。

「大げさなんかじゃないよ。本心だ。ワインも料理によく合うね」

「そう言ってもらえてよかったです。でも、壮真さんは普段あまりお酒を飲まないんですよね？」

「いや、飲まないわけじゃないんだ。酔わない程度にセーブしてるだけ」

「どうしてですか？」

桃香が訊くと、壮真は顔をしかめて答える。

「……酔うとまずいときもあるんだよ」

「まずいとき？」

桃香は首を傾げた。

「つい本音が出てしまうから」

壮真は困ったような表情で眉を下げた。精悍で、どちらかといえばワイルドな雰囲気の壮真のそんな表情に、桃香は胸がキュンとする。

「人に聞かれたら困るような本音があるんですか？」

「それは、まあね」

「相手が私なら、問題ないでしょう？」

「どうかな。重大な秘密を隠しているかもしれない」

壮真はいたずらっぽい表情で言った。

（それって……藤原さんのこと……？）

桃香は探るように壮真に問う。

「もしかして……みんなに内緒で付き合ってる人がいる、とかですか？」

壮真は驚いたように目を見開いた。

「付き合ってる人？　いったいどうしてそういう発想になるんだ？」

壮真の反応が予想外で、桃香も驚きながら言う。

「え、だって、壮真さん、かっこいいしモテますよね？」

「桃香ちゃんにかっこいいって思われるのは嬉しいけど、モテた記憶はないなぁ」

壮真は心当たりがない、と言いたげに首を軽く横に振った。

「そうですか？　映画研究サークルに入ったとき、先輩に『壮真さんは誰にでも優しいし、すごくモテるのよ』って言われましたよ？」

そのあと、『だから自分が特別だなんて思わないでよね』と釘を刺されたのだ。

「そんなこと、誰が言ったんだ？」

壮真に問われて、桃香は曖昧に言葉を濁す。

「んー、女の先輩」

「まったく。桃香ちゃんに余計なことを吹き込むなんて許せないな」

壮真がムッとした表情になり、桃香はつい笑みを誘われた。

「そうやって笑ってるけど、桃香ちゃんだってモテるんだろう？」

壮真に訊かれて、今度は桃香が首を横に振る。

「そんなことありません。そんな記憶、ぜんぜんないです」

「じゃあ、合コンではどうなんだ？」

急に合コンの話をされて、桃香は小首を傾げた。

「合コンに行ったことはありませんよ」

「本当に？　よく合コンに誘われてるって藤原さんから聞いたことがあるけど」

壮真にじとっとした目で見られて、桃香は慌てて否定する。

「〝よく〟なんかじゃありません！　藤原さんの男友達が藤原さんのＳＮＳを見て、たまたま映ってた私を合コンに呼んでほしいって言ってきた、とは何度か言われましたけど……」

「その合コン、本当に行ってないのか？」

こんなふうに何度も訊かれたら、もしかして彼は嫉妬してくれているのかも……なんて期待したくなる。けれど、きっと〝兄〟として心配しているだけなのだろう。

「行ってませんってば」

桃香は苦い気持ちになりながら返事をした。

壮真は大きく息を吐き出す。

「そうか、よかった。いや、ほら、みんながみんなってわけじゃないけど、合コンには軽い男も来るからな。桃香ちゃん、悪い男に騙(だま)されないように気をつけるんだよ。連絡先は簡単に交換しないように。気になる相手がいたら、そいつがちゃんとした男かどうか、俺が先に見極めてあげてもいい」

兄どころか保護者のような言い方に、切なさが強くなった。

これまで清菜に何度か合コンに誘われたが、壮真以外の男性に興味を持てないのだから、参加するのは失礼だろうと思って断ってきた。けれど、これからは壮真を忘れるために参加することになりそうだ。

（そのためには、どうしても今日、壮真さんと一夜を過ごして、壮真さんのことを吹っ切る必要がある）

桃香はさりげなくワインを勧め、結局壮真はボトルの半分以上ワインを飲んだ。

やがて食事を終えて、壮真がコーヒーメーカーをセットし、桃香は冷蔵庫からケーキボックスを取り出した。

「壮真さん、ケーキはソファに座ってローテーブルで食べませんか？」

「じゃあ、コーヒーを淹れたら持っていくよ」

桃香はテレビの前のローテーブルにケーキボックスを運んだ。皿とカトラリーを準備してソファに座っていたら、壮真がコーヒーカップを運んでくる。

「お待たせ」

「ありがとうございます。ケーキは壮真さんが開けてください」

桃香が両手でケーキボックスを示すと、壮真は桃香の隣に腰を下ろした。

「楽しみだな」

壮真はワクワクした表情で箱を開けた。現れた鮮やかな色のケーキに感嘆の声を上げる。

「すごいな。これも手作り？」

「はい」

「おいしそうだ」

「壮真さんが切ってくださいね」

桃香は壮真にナイフを渡した。彼がケーキを切り分けて、取り分けた皿をそれぞれの前に置く。

「今日は桃香ちゃんに作ってもらってばかりだね」

「今日は特別なんです」

「本当にそうだな」

「食べてみてください」

桃香が勧めると、壮真はスプーンを取ってチーズケーキをすくった。それを口に入れて、

「ん？」と声を出す。

「おいしいけど、これ……お酒が入ってる？」

「はい。ワインが少し」

「まあ、洋菓子にはリキュールが使われるものだよな」

壮真は納得したように言いながらケーキを口に運んだ。

桃香は隣で同じように食べながら、彼の様子を窺う。壮真はお酒に弱いと言うが、酔いつぶれるのを見たことはない。

いったいどのくらい飲めば理性のタガが外れるのだろうか？

酔って気分が悪くなったり寝てしまったりしても困るが、ほろ酔いでも困る。

低アルコールワインとはいえ、ボトル半分以上飲んだのだ。壮真が彼の言葉通りお酒に弱いなら、そろそろ酔ってもよさそうだけど……。

食べながらも、桃香はそんなことばかり考えてしまう。

やがて壮真は食べ終えて、スプーンを置いた。頬が赤くなったりはしていないが、機嫌がよさそうに見える。

「おいしかったよ、ありがとう」

けれど、口調は普段通りしっかりしていて、どの程度酔っているのかわからない。

「お口に合ってよかったです。あの、もう少しワインを飲みませんか？」

桃香はダイニングテーブルに置いたままのワインボトルを視線で示した。

「桃香ちゃんは飲みたいの？」

「飲みたいって言ったら、壮真さんも付き合ってくれますか？」

桃香が壮真を見たら、彼は困ったように微笑んだ。

「いや、俺はもうじゅうぶん飲んだから。桃香ちゃんは気にせず飲んだらいいよ」

正直に言うと、桃香はほろ酔いよりも酔っていた。勢いで一線を越えられるくらいだ。けれど、これ以上飲んで自分が酔いつぶれるわけにはいかない。

「いえ、壮真さんがいいなら私もいいです」

桃香は気持ちを固めた。立ち上がって、ソファの足元に置いていたバッグから、紺色のリボンがかけられた細長い箱を取り出した。

「あの、これはプレゼントのネクタイです」

「いつもありがとう」

「開けてみてください」

桃香は壮真に箱を渡した。彼がリボンを解き、包装紙を外すことに意識を取られている間に、桃香はシャツワンピースのボタンに手をかけた。いざとなると緊張して指先が震え、うまくボタンを外せない。

(は、早くしなくちゃ……!)

桃香が四つ目のボタンを外したとき、壮真は箱の蓋を持ち上げた。現れたボルドーのネクタイを、そっと右手で取り出す。

「この色は持ってないな。大人のいい男に見えそうだ――」

そう言って顔を上げた壮真は、桃香がワンピースを足元に落としたのを見て、驚いて目を見開いた。

「も、桃香ちゃん!?」

桃香はネクタイと同じボルドーのベビードールとショーツだけになって、壮真に歩み寄った。エアコンの効いた室内でワンピースを脱いだのだから、本当なら肌寒いはずなのに、体は恥ずかしさで火照っている。

「いったいなにを――」

壮真が立ち上がろうとするより早く、桃香は彼の肩を両手でぐっと押さえた。

「今年はネクタイだけじゃないんです」

桃香はゴクリと唾を呑み込んだ。

（『プレゼントは私』なんてベタなセリフじゃ、壮真さんは絶対に抱いてくれない）

「私が……壮真さんを……」

声がかすれて、桃香はもう一度唾を呑み込んだ。動けずにいる壮真の膝に跨がって、彼の頬を両手で包み込む。

「桃香ちゃん？」

壮真の手からネクタイが滑り落ちた。彼が桃香の手首を掴んだので、桃香は引きはがされまいと、壮真の唇に自分の唇を押し当てた。

「も、もかちゃっ」

ファーストキスがこんな形なんて。ずっと好きだった相手から無理やり奪うキスが、自分にとってのファーストキスだなんて。

それでも、もう後戻りはできない。

桃香は唇を離して、考え抜いた言葉を声に出す。

「もう一つの誕生日プレゼント。私が壮真さんを気持ちよくしてあげます」

壮真は熱く潤んだような瞳で桃香を見た。

「……どうして、こんなことを」

「どうしてって……三十歳の誕生日なのに、私と一緒に過ごしてるなんて、壮真さんがかわいそうだからです」

「こんなこと、ダメだ」

壮真は喘ぐように言って、桃香の腰を両手で掴んだ。ぐっと力のこもった彼の手のひらは、熱を帯びている。

桃香は自由になった両腕で壮真の首にしがみついた。そうして再び彼にキスをする。一度目は必死でわからなかったけれど、壮真の唇は思ったよりもずっと温かい。そして、なにより愛おしい。

その柔らかな唇を味わうように、キスを繰り返す。

壮真の呼吸が荒くなり、なにか硬いモノが桃香の太ももをぐっと押し上げた。

(壮真さんが……私に欲情してくれてる)

それが自然な生理現象なのだとしても、女性としての桃香に感じてくれているのだと思うと、切ないながらも嬉しくなった。

壮真がつらそうに表情を歪め、かすれた声を出す。

「……桃香ちゃん、ダメだ。俺にとって桃香ちゃんはとても大切な存在なんだ。こんなこと――」

「私だって壮真さんが大切なんです。だから、してあげたい」

桃香は壮真の唇に口づけながら、手探りで彼のシャツのボタンを外した。前をはだけさせて厚みのある胸板に触れると、手のひらにドクンドクンと速い鼓動を感じた。愛しさが募り、彼の張りのある肌を、想いを込めて撫でる。

「……くっ……」

壮真はうめくような声を零した。桃香は両手で壮真の頬を包み込み、熱に浮かされたような彼の瞳を覗き込む。

「……お願い」

桃香が必死に見つめ、壮真の視線が迷うように揺らいだ。

「お願い、壮真さん」

それでも壮真がイエスと言わないので、桃香は彼の首筋を唇で啄んだ。

「うっ」

壮真の体がビクリと震え、桃香は彼の肌に唇を触れさせたまま、囁くように言う。

「私がしたいんです」

「……本当に、したいの、か？」

「はい」

壮真が大きく息を吐き出した。桃香は体を起こして正面から彼を見つめる。

「桃香……」

熱っぽくかすれた声で壮真に名前を呼ばれて、背筋がぞくんと震えた。今まで何度も呼ばれた、親しみだけがこもった〝桃香ちゃん〟とは違う、劣情が滲んだ声。

「壮真さん」

桃香がゆっくり顔を近づけると、壮真は長いまつげの目を伏せた。

(好きです。大好きです。あなたの胸の中で泣かせてくれたあのときから、ずっとずっと好きでした……)

その気持ちを込めて、壮真の唇に何度も何度も口づける。

「桃香」

壮真の声がとろけそうに甘くなって、桃香はなぜだか目の奥がじんわりと熱くなった。腰に触れていた壮真の右手が桃香の後頭部に回り、彼の方にぐっと引き寄せられる。

「ん……」

壮真の唇が桃香の唇を食み、桃香も同じように彼の唇を味わった。キスはすぐに深くなり、壮真は桃香の唇を貪るようにキスを繰り返す。

甘く激しい口づけに夢中になっていたら、壮真の左手がベビードールの下に滑り込んだ。彼の大きな手のひらが、桃香の背中を撫で回す。

「やぁっ……」

腰の辺りが淡く痺れて、桃香は思わず高い声を上げた。

「桃香、かわいい」

壮真は囁きながら、桃香の頬に口づけた。髪を絡めるようにしながら指先でうなじをなぞり、耳たぶから首筋へとキスを落としていく。

「あ……壮真さ……」

彼の唇が鎖骨を這（は）い、くすぐったいようなむずがゆいような刺激に、桃香は思わず背を仰（の）け反（ぞ）らせた。

「あっ……ダ、メ」

「どうして？」

壮真はレースの生地から覗く膨らみに唇を触れさせながら、上目遣いで桃香を見た。色気のある眼差しで至近距離から見つめられ、桃香は喘ぐように声を出す。

「……今日は……壮真さんの誕生日でしょう……？　だから、なにもしないでいいって……言った、のに」

「それは難しいな」

壮真は桃香の柔らかな肌に吸いついた。

「あんっ」

チリッと小さな痛みを感じて桃香が視線を向けたら、白い肌に小さな紅（あか）い花が咲いていた。

「桃香」

名前を呼んでくれる彼の声がとても甘くて、声が伝わる耳から脳まで溶けてしまいそうだ。

それでも、主導権を奪われまいと、桃香は腰を引いて彼のチノパンのベルトを外した。続いてファスナーに手をかけて、ゆっくりと下ろす。前をくつろげ、黒いボクサーパンツを押し上げているソレに、右手を這わせた。

「っ……」

壮真の体がビクッと震えて、零れた熱い吐息が桃香の肌を這う。

桃香は逞しい腹筋をゆっくりと撫でて、ボクサーパンツの中に手を滑り込ませた。

初めて触れた男性のソレは、驚くほど熱くて硬い。そっと握ると、壮真がハッと息を呑んだ。

彼の表情を見ながら、手をゆっくりと上下に動かす。壮真が悩ましげに眉を寄せ、桃香の体の奥深くがじわっと熱を持った。

「桃香っ……」

壮真は耐えるように目をつぶって息を吐いた。

そして、目を開けたかと思うと、桃香の両手首を掴んでソファに押し倒した。

一瞬の出来事で、桃香は驚いて彼を見上げる。

壮真は桃香の両手をソファに縫いつけ、目を細めて桃香を見下ろした。その瞳は普段の優しい彼からは想像できないほど獰猛だ。

「どうしてそんなに積極的なんだ？」

口調も変わっている。

「えっ？」

「いつもそうなのか？」

壮真は言うなり桃香の胸元のリボンを咥えてぐいっと引っ張った。リボンが解けて、ベビードールの前がはだける。

「きゃあっ」

二つの丸い膨らみが零れ出て、桃香は思わず悲鳴を上げた。

「俺を無害な男だと思ってたのか？」

壮真は片方の口角を上げてニッと笑った。

そのオトコの表情に、桃香の心臓がドキンと跳ねる。

「そんな……こと」

「ない、とは言えないだろ？」

壮真は言って桃香の首筋に口づけた。

彼が肌をあちこち啄んで、胸にキスを落とす。腰の辺りがぞわぞわとして、桃香は身をよじらせた。

壮真の温かく濡れた舌が胸の膨らみを這い、舌先が先端をくるりと舐めた。

「あ、あぁっ」

「おいしそうな色をしてる」

壮真は言いながら、赤く尖った突起をゆっくりと口に含んだ。それを味わうようにしゃぶられ、吸われて、桃香の体温が上がっていく。

「壮真さ……っ」

思わず名前を呼ぶと、壮真が上目でチラリと視線を投げた。

「ああ、こっちも、かな？」

壮真は言うなり、反対側の尖りを指先でつまんだ。

「ひあっ」

突然の刺激に桃香の腰が跳ねる。

「桃香は感じやすいんだな」

片方の胸を舌で嬲(なぶ)られ、もう片方を大きな手で揉(も)みしだかれているうちに、桃香はもどかしさを覚えて内股をギュッと寄せた。

それに気づいて壮真が片方の膝で桃香の膝を割り、ゆっくりと太ももを撫(な)で上(あ)げた。その手がショーツに触れ、指先が脚のつけ根をなぞる。

「あ」

「それとも俺だから感じてるのか？」

意地悪な声で囁かれ、自分でも触れたことのない場所を布越しにまさぐられる。

桃香は恥ずかしくてたまらず、脚を閉じようとした。けれど、彼の膝に阻(はば)まれて動けない。

壮真の手が腰に触れ、両側で結ばれていた細いリボンを解いた。そうしてショーツを剥(は)ぎ取り、ソファの下に落とす。

「ぐしょぐしょになったら困るもんな」

「えっ？」

桃香が瞬きをしたとき、壮真の指が脚の間をなぞった。彼の指先がぬるりと滑る感触に、そこが潤っていることがわかる。

「ほら、ね？」

壮真は桃香の目の前で右手の人差し指と中指をゆっくりと開いた。その間をねっとりとした糸が引き、桃香は羞恥心で顔がカァッと熱くなる。

壮真は桃香に見せつけるように、ゆっくりと指を舐めた。

「甘い」

「そんな……っ」

「桃みたいだ」

壮真はクスリと笑うと、同じ指で割れ目をなぞった。花弁を左右に開き、花芯を探り出す。それを軽くつままれた途端、桃香の体が大きく跳ねた。

「やぁんっ」

「刺激が強すぎたかな」

壮真は笑みを含んだ声で言って体を起こし、桃香の両膝を立てて開かせた。あまりに恥ずかしい格好に、桃香は悲鳴のような声を上げる。

「や、ダメ、待ってっ」

だが、壮真は桃香の抗議を無視して、さっき指でなぞった部分に唇を押し当てた。

「壮真さ、ん」

壮真の舌が割れ目をゆっくりと舐め上げ、花弁を押し開いて小さな粒を優しくなぞった。艶(なま)めかしい舌の動きに、指でつままれたときとは違う、じわじわとした快感を覚える。

「あ、あぁ」

「気持ちいい？」

壮真の声に問われて目線を下げたら、自分のソコに舌を這わせる壮真と視線がぶつかった。恥ずかしいのに、彼の強い眼差しに絡め取られたように目を逸らすことができない。

「桃香？」

名前を呼ぶ壮真の表情は、熱情を滲ませながらもどこか余裕がある。桃香は彼の一挙一動に翻弄されているのに。

それが悔しくて、桃香はせめてもの抵抗とばかりに、黙ったまま潤んだ目で彼を睨んだ。

「んー、桃香にいいって言わせたいな」

壮真は言って花弁に再び口づけた。彼の舌先で嬲られるたびに、体の奥で熱いものが生まれ、なにかが盛り上がるように高まっていく。

「やっ……あ……はぁっ」

それは自分の体なのに自分で制御できなくなりそうな未知の感覚だった。

桃香は戸惑って、体の火照りを逃がすように大きく息を吸い込んだ。直後、壮真がぷっくり膨らんだ花芽にしゃぶりつく。

「あぁあっ」

その途端、そこから甘い痺れが弾けるように広がり、桃香は上体を仰け反らせた。

「まだよくない？」

意地悪な笑みを含んだ声で壮真が言った。むき出しになった花芯に彼の息がかかり、それすらも刺激となって、体がビクリと震える。

これ以上刺激されたら、どうにかなってしまいそうだ。

桃香はなんとか声を出そうとするけれど、初めて達した余韻のせいで、思ったように口が動かない。

「……ん……よ……よかっ……」

「本当かな」

言うなり壮真は濡れそぼった割れ目に指先を押し当て、つぷりと差し込んだ。

「ひゃっ……」

異物感を覚えて桃香は思わず体を固くした。けれど、壮真の指はほぐすように撫でさする。熱く潤んだナカをじっくり掻き混ぜられるうちに、さっきよりも強く甘い刺激が波のように押し寄せてきた。

「は、ん……あ、あぁっ」

桃香の腰が勝手に揺れる。

彼の長い指がわざとらしく水音を立てて、体の中心を甘く掻き乱した。そうしながら花芽を舌で突かれ、転がされて、桃香は高い声を上げることしかできない。

快感が膨れ上がって、このままでは意識が呑み込まれてしまいそうだ。

「や……私、壮真さんと……っ」

どうにか意識を保ちながら、彼を求めるように手を伸ばした。指先が壮真の髪に触れる。彼としたい。体に彼の記憶を刻みたい。

押し寄せてくる快感に必死で抗おうとするが、壮真の指と舌に繰り返し与えられる二重の愉悦に、理性がとろかされていく。

「待っ、あ、いや、ダメ……はあ、あぁんっ！」

桃香の口から意味をなさない言葉が零れた。下腹部から頭の芯まで電流のような快感が走り抜ける。そうして絶頂を迎えたのに、壮真は責めを緩めない。

「壮真さ……私は……も……いい、から……っ」

桃香は喘ぐように声を出し、腰を引こうとした。

壮真は桃香を逃すまいと、左腕を彼女の腰に回す。

「や……ああっ……ダメぇ……っ」

割れ目を押し広げるようにして、二本目の指が差し込まれた。

「ひぁ……あ」

長い指がナカを蠢き、圧迫感が強くなる。けれど、それを悦ぶように下腹部がうねった。熱く溶けたナカをバラバラにこすられ、掻き乱される。

「はっ……あぁっ……」

淫らな水音が大きくなって、桃香の口から零れるしどけない喘ぎ声も高くなった。蜜壺が締まって余計に刺激が強くなり、こらえようとしても勝手に脚がビクビクと震える。

もうこれ以上は……。

「ダメ、ん、あ、あぁぁー……っ！」

畳みかけるような快感に正気を奪われ、桃香はついに意識を手放した。

第三章　最悪な気分

壮真が初めて桃香の寝顔を見たのは、五年前の穏やかな秋の日だった。

まだ桃香は大学生で、壮真は大学院生のときだ。

総合実践英語でお世話になった教授を訪ねて、桃香の所属する外国語学部の校舎に行った帰り、中庭の木陰のテーブルに桃香が突っ伏しているのを見つけたのだ。

(気分でも悪いのか？)

心配して近づいたら、桃香は静かな寝息を立てて眠っていた。

肩にかかったマロンブラウンのセミロングヘアは、毛先が緩くカールしていて柔らかそうだ。

白い肌に長いまつげが影を落としていて、きれいな鼻筋とぽってりした唇は、やっぱり愛らしいと思う。

そんな桃香を眺めているうちに、ふと不安になってきた。

(こんなにかわいい桃香ちゃんが一人でこんなところで寝てたら……よからぬことを考えるやつが出てくるんじゃないのか)

壮真は警戒しながら辺りを見回した。けれど、周囲に人影はない。四限目のこの時間、ほかの学生は講義を受けているか、早めに部活やサークルに行ったか、帰宅したかのどれかだろう。

壮真は音を立てないように右隣のチェアをそっと引き出して腰を下ろした。

(少しは元気になれたのかな)

プライベートシアターで父の死について打ち明けてくれたときから、桃香を守ってあげたいと思うようになった。

こんなにも庇護欲を掻き立てられたのは初めてで、誰よりも大切にしたいと思う。

壮真はテーブルに右肘を突いて顎を支えながら、桃香の寝顔をじっと見守った。

穏やかな風が吹いて、肩にかかっていた髪がさらりと頬に落ちる。引き寄せられるように手を伸ばしてその髪に触れたとき、枯れ葉を踏むガサッという音が聞こえた。

そちらを見たら、映画研究サークルの後輩の女性が立っていた。桃香の一年上の三回生で、刈谷夏音という名前だ。肩までのショートボブとハキハキした話し方が活発そうな印象の女性だ。

「壮真さん！」

夏音は嬉しそうな顔で壮真に声をかけた。

「やあ、夏音ちゃん」

壮真は右手の人差し指を立てて口元に当てた。その合図に気づいて、夏音は声を潜める。

「珍しいですね、壮真さんが外国語学部の校舎に来るなんて」

「教授に用があったんだ」

「用は終わったんですか?」

「ああ」

夏音は壮真の右側のチェアに座った。

「夏音ちゃんは桃香ちゃんと待ち合わせ?」

壮真が訊くと、夏音は首を横に振った。

「いいえ。ジュースを買いに来たら、壮真さんが見えたんで、ここに来たんです。桃香ちゃんったらこんなところで寝て……」

夏音は困った子ね、と言いたげな顔をした。

「夜、あまり眠れてないのかもしれないね」

「ああ……里穂ちゃんから聞きました。お父さんが亡くなったんですよね」

「サークルでの桃香ちゃんの様子はどうかな? 俺、研究であまり行けてないんだけど」

「うーん、元気そうには見えますけどね」

「そうか……」

壮真はぼそりと呟いた。

(桃香ちゃんは無理して笑う癖があるからなぁ……。本当に元気なのかはわからないな)

桃香を見ながら考え込んでいたら、夏音に声をかけられた。

「あの、壮真さん、よかったらどこかで一緒にお茶しませんか?」

壮真は視線を夏音に移した。夏音は頬を少し赤らめ、はにかんだような表情だ。

「桃香ちゃんを起こしてってこと？」

壮真の言葉を聞いて、夏音は一瞬きょとんとした。

「え？　いえ、あの、私と壮真さんの二人で、です」

「桃香ちゃんを置いてはいけないよ。それに気持ちよさそうに寝ているから起こしたくない」

壮真がきっぱり言うと、夏音は小さく息を吐き、訳知り顔になって言う。

「そうですよね。桃香ちゃんって妹みたいで、みんなつい構いたくなっちゃいますよね。お父さんのこともあって寂しそうで儚げで、年上の男性は放っておけないって思っちゃうみたいですね」

（桃香ちゃんのことを気にかけている男が俺以外にもいるのか？）

壮真は内心焦りを感じながらも、表情を変えずに黙っていた。夏音は話を続ける。

「でも、桃香ちゃんは年上の男性は苦手みたいです」

「えっ」

壮真は驚いて思わず声を出した。夏音はゆっくりと右手を振る。

「ああ、いえ、嫌いとかそういうんじゃなく……。恋愛対象にならないみたいです。気楽に話せる同い年や年下が好みみたいですよ」

（そうなのか……）

夏音の言葉を聞いて、知らず知らず壮真の肩が落ちた。

「でも、大丈夫ですよ。壮真さんのことはお兄さんみたいで好きだって言ってましたから」

「桃香ちゃんが？」

「はい。安心できるお兄さんみたいだって」

夏音は目を細めてにっこり笑った。

（俺は桃香ちゃんの中でお兄さんポジションなのか……）

そう思うと、急に胸に穴が空いたような気がした。

そのとき、桃香が「ん……」と小さくため息のような声を零して、ゆっくりと目を開けた。

とろりとした目は焦点が合わないようで、視線が宙をさまよったが、壮真と目が合ってぱちりと開いた。

「壮真さん」

桃香は上体を起こしてニコッと笑った。その自然体の仕草をかわいいと思うと同時に、胸が締めつけられる。

そんなふうに無防備な表情を見せてくれるのは、壮真を兄だと思って安心しているからなのだろう。

「桃香ちゃん、よだれ」

夏音が指先で自分の口角を軽く叩いた。

壮真の目からは、桃香がよだれを垂らしているようには見えなかったが、桃香は顔を赤らめて手の甲で口元を拭った。

「もー、お子さまだなぁ、桃香ちゃんは。だからみんな、桃香ちゃんを妹みたいにかわいがりたくなるんだよねぇ。ね、壮真さん？」

　夏音に話を振られて、壮真は一度瞬きをした。

　壮真自身、桃香を妹のように扱った記憶はないので、相づちは打たずに桃香に話しかける。

「夜、眠れてないの？」

　桃香は指先で口元を触ってから、壮真を見る。

「最近は……登下校でバスに乗らずに駅まで歩いたりして、疲れたら寝られるようになりました。今日は……天気がよくて気持ちよくて……ついうとうとしちゃって」

　桃香は軽く肩をすくめて小さく舌を出した。

　山の中腹にある大学から電車の駅まで歩けば一時間近くかかる。そこまでしなければ眠れないのかと思うと、壮真は桃香を抱きしめたくなった。

「最近近くにカフェができたんだけど、ハーブティも飲めるって看板が出てたよ。不眠にいいお茶もあるかもしれないから、一緒に行ってみようか？」

　壮真が言うと、夏音がパチンと両手を合わせた。

「いいですね！　じゃあ、三人で行きましょうか！」

　壮真としては桃香と二人きりで行きたかったのだが、結局夏音と三人でお茶をすることになったのだった。

あのときに、桃香のことを女性として意識しないようにしようと決めたのに。

（俺は……いったいなにをやってるんだ）

壮真はぐったりしている桃香をベッドに運んで、柔らかな体をタオルケットでくるんだ。彼女の口元にそっと耳を近づけたら、規則的な呼吸音がする。

そのことにホッとしつつも、ベッドの縁に腰を下ろして両手で頭を抱えた。

（最低じゃないか）

自分を兄のように慕ってくれている桃香に欲情するなんて。彼女には絶対に手を出してはいけなかったのに。

（だけど、あんな表情で、あんな格好で迫られたら……っ）

妹のような存在だと自分に言い聞かせて、兄の役割を全うしようとしてきたのに、オンナの顔を見せられて、鋼の自制心が崩壊しかけた。どうにか挿入するのは踏みとどまったが、それは桃香が眠ってしまったからでもある。

壮真は体の中の熱を逃がそうと、大きく息を吐き出した。それでもオトコとしての本能は正直で、恋い焦がれてきた女性を前にして、渇望は募る一方だ。

（くそっ）

やり場のない想いを紛らせようと、右手で前髪をくしゃくしゃと乱す。

（桃香にいったいなにがあったんだ？　兄だと思っている俺にあんなことをしようとするなんて……。よっぽどつらいことがあったんだろうか。もしかして……男に裏切られたとか？）

桃香を裏切るなんて、いったいどこのどいつだ。

怒りを感じると同時に、寂しさを覚える。

(俺だったら桃香だけを愛して、誰よりもなによりも大切にするのに)

「ん……、壮真……さん」

桃香の声が聞こえて、壮真はハッとした。顔を向けたが、桃香は目を閉じたまま眠っている。

柔らかなマロンブラウンの髪は乱れてシーツに広がり、小さく開いた唇は、壮真が何度も貪ったせいで、ぽってりと赤くなっていた。

あの甘い唇にキスをしたい。白く柔らかな肌に触れたい、口づけたい。そして、桃香を隅々まで味わい尽くしたい。

そんな欲望が湧き上がってきて、また理性を失いそうになる。

そんなことになったら、今度こそ本当に最後まで抱いてしまう。

(ダメだ、頭を冷やしてこないと)

壮真はさっと立ち上がった。ベッドルームを出てトレーニングウェアに着替えると、夜の川沿いを走りに出かけた。

＊＊＊

よく眠れた気がして、桃香は薄く目を開けた。カーテンの隙間から明かりが差し込んでいて、もう朝なのだとわかる。

ゆっくりと体を起こすとタオルケットが肌を滑り……自分がなにも身につけていないことに気づいた。

「きゃあっ」

声を上げた瞬間、完全に目が覚めて、昨日の記憶が一気に蘇る。

（そうだった……！）

昨日、壮真との思い出が欲しくて、もう一つの誕生日プレゼントと称して、『私が壮真さんを気持ちよくしてあげます』と彼を襲ったのだ。

けれど、今広いベッドにいるのは桃香一人だった。もうろうとした意識の中、彼に抱き上げられてベッドに寝かされた記憶がうっすらとある。

でも、それだけだ。

結局彼を気持ちよくしてあげるどころか、自分だけ気持ちよくさせられて終わってしまった。

壮真は体を重ねてくれなかったのだ。

あんなふうに欲情していたのに、桃香を抱こうとしなかった。体に彼の思い出が欲しかったのに、残されたのは胸の小さな紅い印だけ。

（やっぱり私が相手じゃ……最後までしたくならないんだ……）

桃香の全身から力が抜ける。

ベッドの端にバッグが置かれていて、その横にワンピースとベビードール、ショーツが小さく折り畳んで重ねられていた。

ぽつんと置かれたそれらを見ているうちに、情けなくなってくる。

こんなものまで用意したのに、意味がなかった。

桃香はのろのろと体を動かして、それらを身に着けた。

ベッドから下りてそっとドアを開ける。

（壮真さんはどこにいるんだろう……？）

静かに廊下を歩いてリビング・ダイニングを覗いたら、壮真はトレーニングウェア姿でソファで眠っていた。

髪が乱れているので、ランニングでもしてきたのだろう。

夜中にランニングなんかして。しかも、桃香と同じベッドで眠るのではなく、わざわざソファで寝るなんて。

そのことに彼の拒絶が見て取れる。

桃香は足音を忍ばせて廊下を戻った。

バッグを持ってパンプスを履き、壮真の部屋を出る。ドアを閉めてスマホで時刻を見たら、朝の七時だった。

重い足取りで地下鉄に乗って、マンションの自分の部屋に戻り、ベッドに横になった。心が疲れていて、なにもやる気になれない。

『桃香』

ふいに壮真の声が耳に蘇った。

熱を孕んでかすれた彼の声に、体がゾクリと震える。普段はとても優しいのに、オトコになったときはあんなにも意地悪だなんて。

(優しい面しか見せてもらえなかった私は、やっぱり恋愛対象じゃなかったんだ……)

その現実から逃げたくて目を閉じてみたが、眠れない。

桃香はヘッドボードに並んでいるロマンス小説を一冊抜き出して開いた。

その小説のヒロインは、年上の幼馴染みにずっと片想いをしていた。ヒーローは進学のため地元を離れ、ヒロインは彼のあとを追って、猛勉強の末、同じ大学に入学する。けれど、そのときには彼の隣にはきれいな女性がいた。

実際にはヒーローとヒロインは両片想いで、その女性はときに卑劣な手を使って二人の関係を引っかき回すのだ。それでも二人は困難を乗り越え、最後はハッピーエンドを迎える。

小説だとハッピーエンドになるとわかっているから、途中でハラハラドキドキしても、安心して最後まで読める。でも、現実はそうではない……。

桃香は本をパタンと閉じた。

いつもなら楽しく読めるのに、今は気分がぜんぜん乗らない。

「あー、もう！　こんなんじゃダメだ」

桃香はパチンと両頬を叩いた。

壮真と一夜を過ごして、彼のことを諦めると決めたのだ。

実際には、小説でいうような甘く熱い一夜を〝ともに〟過ごしたわけではないけれど……これ以上、うじうじ悩んだってどうにもならない。

こんな結末になったのだから、壮真を襲う計画はもう二度と成功しないだろう。

それに、壮真とどう向き合えばいいかは、月曜日になってみなければわからない。無視されるか、なかったことにされるか、気まずい関係になるか……。

（どうなるにしても、明るい未来は望めない、か……）

桃香は本をヘッドボードに戻して、洗面所に向かった。

ワンピースを脱いで、ボルドーのランジェリー姿になると、また情けない気持ちが蘇ってくる。

（もう二度と着ない！）

桃香は乱暴に脱いでランドリーボックスに突っ込んだ。

バスルームに入って熱めのシャワーを浴びたら、ほんの少しだけ、本当にほんの少しだけ気分がマシになった。

バスタオルを体に巻きつけて、長い一日をどうやって過ごそうかと思案する。

（そうだ、新しい本を買いに行こう！）

そう思い立って、お気に入りの小花柄のシフォンブラウスに白のパンツを合わせて、しっかりメイクをした。

無理やり気分を持ち上げて家を出て、地下鉄に乗る。天王寺駅で下りて、よく行く商業ビルの二階にある大きな書店に向かった。

（いつもと違うジャンルに挑戦してみよう）

書店に入り、いつも本を選ぶロマンス小説や恋愛小説の棚ではなく、推理小説や時代小説のコーナーを覗いた。なにか集中して読めそうなものを探して、何冊か手に取ってあらすじを読んでみる。しかし、イマイチ心惹（ひ）かれない。

（うーん、ロマンス小説の翻訳書じゃなくて、原書を読んでみようかな）

そう考えて洋書コーナーに向かった。

ピンクや白のかわいらしい背表紙には、愛や運命、秘密や背徳など、ロマンチックな英単語や刺激的な言葉が並んでいる。どれにしようかと眺めていたら、男性の声に名前を呼ばれた。

「桃香さん？」

「え？」

驚いて振り返ったら、一人の男性が立っていた。

桃香より少し背が高く、緩くパーマのかかった黒髪で、白いTシャツと黒のジーンズにサックスブルーのジャケットを身に着けている彼は、英会話カフェで知り合った長原健都（ながはらけんと）だった。

毎週金曜日の午後六時から開催され、一回五百円で参加できるその英会話に、桃香は一年前からときどき参加しているが、健都は一ヵ月ほど前から参加し始めた。二十七歳で商社勤務だと自己紹介していた記憶がある。

少し甘い雰囲気のイケメンで、フリートークの時間には彼の隣の席を巡って数人の女性が火花を散らしていたくらいだ。

「健都さん！　こんにちは」

英会話カフェでは名前で呼び合うので、桃香も自然と彼を名前で呼んだ。

「こんにちは。カフェ以外で会うのは初めてだね」

健都は整った顔をほころばせて言った。

「ほんとですね」

彼は桃香と並んで、彼女が見ていた棚に目を向ける。

「恋愛小説を探してたの？」

「え？」

「この辺り、恋愛小説ばかりだよね？」

彼が視線を動かし、つられて本の背表紙を見たら、〝大富豪の愛に濡れる背徳の一夜〟や〝野獣王子の淫らな花嫁レッスン〟などと訳せそうな本のタイトルが目に入り、桃香は気恥ずかしくなりながら口を動かす。

「あ、そうですね。ええ、まあ」

「原書を読んで勉強しようと思ったの？」

「勉強というか、恋愛小説が好きなので……。健都さんも洋書を探しに来たんですか？」

桃香が尋ねると、彼は右手に持っていた二冊の本を桃香に見せた。統計学とマーケティングの本だ。

「いや、俺はこれを買いに来たんだ。レジに向かおうとしてて桃香さんを見つけたんだよ。もしよかったら――」

健都がなにか言いかけたとき、桃香のバッグの中でスマホの着信音が鳴り出した。

「あ、俺、先に会計してるよ。レジカウンターの近くで待ってるから」

健都は気を遣ったのか会計に向かった。桃香は急いでスマホを取り出す。画面を見たら、壮真からの着信だった。

(起きたのかな。なんの用だろう……)

なにを言われるのか。どんな声で話せばいいのか。

まだ彼と話す覚悟ができず、『ただいま電話に出ることができません……』という応答メッセージに切り替えて、ついでにマナーモードに設定した。

それから本棚に向き直って、目についた一冊を手に取った。

あらすじを読むと、〝ハロウィンの夜に始まる恋〟とでも訳せそうなその本は、天涯孤独ながら逞しく生きるヒロインが主人公だった。

ヒロインは桃香と同じ二十五歳。

ケータリングサービス会社で働いていて、ある大企業のハロウィンパーティにスタッフの一人として料理を届けに行った。

配膳中、大企業の社員の一人が不注意でワインを零して、ヒロインの制服が汚れてしまう。

そんなヒロインに女性社員が仮装用のメイド服を貸してくれた。

ヒロインはデザートの配膳を終えて、ほかのスタッフを帰らせ、自分は後片づけのために残る。

華やかなパーティを羨ましく思いながら屋上で休憩していたら、一人の男性がパーティを抜け出してきた。

オペラ座の怪人の仮装をしている彼は、実はその大企業の御曹司なのだが、お互い相手のことを知らないまま話をするうちに、心が通い合い、自然と唇を重ね……というストーリーらしい。

お互い相手の素性を知らずに一夜の関係を持って別れてしまうのに、どうやって相手を見つけ出すのか、その展開が気になる。

（これにしよう）

桃香はそれを持ってレジカウンターに向かった。お金を払って本を受け取ると、先に会計を済ませていた健都が近づいてくる。

「まだなにか見る？」

「いいえ」

「それなら、ランチを一緒にどう？」

健都はにこやかな笑みを浮かべて言った。英会話カフェで見慣れている笑顔だ。

ずっと壮真に片想いしてきた桃香は、壮真以外の男性と二人きりで食事をしたことがなかった。知らない男性ばかりが参加する合コンにいきなり参加するのはハードルが高いが、健都なら英会話カフェで何度も話しているし、いい経験になるかもしれない。

そう思って返事をする。

「では、ぜひ」

「よかった。前から桃香さんともっと話してみたいって思ってたんだよね。なにか食べたいものはある？」

健都に訊かれて、男性と二人で食べに行くのはどんなお店がいいんだろう、と桃香は頭を悩ませた。

ロマンス小説では、たいていハイスペックなイケメンヒーローがヒロインを高級レストランにエスコートしてくれるが……今はランチタイムだし、桃香も健都も普通の会社員である。

「えっと、健都さんはなにが食べたいですか？」

「俺？　俺は桃香さんが食べたいなら、コンビニのおにぎりでもいいよ」

冗談なのか本気なのかわからず、桃香は反応に困って曖昧な笑みを浮かべた。そんな桃香を見て、健都は苦笑する。

「冗談だよ。そこは笑うところだったのに。今はランチタイムだからどこも混んでるかもしれないし、とりあえず地下のレストラン街に行ってみよう」

健都がエレベーターホールに向かい、桃香は彼に続いた。

「桃香さんは普段どんな店に行くの？」

健都に訊かれて、桃香はエレベーターに乗り込みながら答える。

「いろいろです。カジュアルなカフェからイタリアンにフレンチに中華……あとはベトナム料理とかタイ料理とか……」

「それはすばらしいね。料理から外国の多様な文化を理解しようとするのはいいことだ」

なんだか高尚な言われ方をして、桃香は苦笑して言う。

「いえ、私はただ連れていってもらっただけなんですけど……」

「連れていってもらった？　ってことは彼氏にかな？」

健都の言葉に桃香はハッとした。

（無意識に壮真さんと一緒に行ったお店ばかり挙げてた……）

彼のことを思い出すとどうしても胸が痛み、桃香は目を伏せながら答える。

「残念ながら彼氏じゃありません。なんというか……昔からよく私の面倒を見てくれていて……兄みたいな人です」

桃香が答えたとき、エレベーターが地下一階に到着した。

ランチタイムのレストラン街は混雑していて、イタリアンレストランや中華料理店の前には、順番待ちをしている人の姿がある。

「うーん、やっぱりどこも混んでるなぁ……」

健都は辺りをぐるりと見回して言った。

「あそこのカフェにしますか？　空席もあるみたいですよ」

桃香はレストラン街の奥にあるカフェを指差した。セルフスタイルのカフェで、いくつか空いているテーブル席がある。

「桃香さんがいいなら、そうしよう」

健都が賛成したので、桃香は彼と一緒にカフェに入った。

レジカウンターでスモークサーモンとクリームチーズのラップサンドとカプチーノを購入し、奥の席に着く。

健都はチキンサラダのラップサンドとフライドポテトとアイスコーヒーを買って、桃香の前に座った。

「桃香さんと食事をするのは初めてだね」

「そうですね。英会話カフェではドリンクしか注文しませんし」

「桃香さんはあまり男にねだらないタイプ？」

いきなりそんなことを訊かれて、桃香は瞬きをした。

「えっと……それはどういう意味ですか？」

健都はアイスコーヒーにシロップを入れながら答える。

「いや、女性をランチに誘って、チェーン店のカフェを提案されたのは初めてだったから」

「そうなんですか？」

桃香はラップサンドの包みを外しながら、男性と食事に行くときはチェーン店のカフェを選ばない方がいいらしい、と心のメモ帳にメモした。

「桃香さんは仕事で翻訳をしてるって言ってたよね？」

健都に問われて、桃香は頷いた。

英会話カフェでは、自己紹介のときにだいたいそう話している。

「発音もきれいだし、羨ましいな～っていつも思ってたんだよ」

健都が笑顔で褒めるので、桃香は照れながら答える。

「一応……大学では外国語学部で英語を専攻してたので……」

「そうなんだ。留学はしたの？」

「いいえ」

大学に入学したときはいつか留学したいと思っていたが、父が亡くなり、経済的というよりも精神的な余裕がなくなって断念したのだ。

「なんで英語を学んだの？」

「え？」

「俺、思うんだけど、英語は目的じゃなくて手段だよね？　英語を使ってなにがしたいかっていうのが、英語を学ぶ意義だと思うんだ」

健都の話を聞きながら、桃香は内心疑問に思った。

（単に好きだから学ぶ……っていうのはダメなのかな。私は子どもの頃、海外のアニメ映画が大好きで、それで英語を勉強したいって思うようになったんだけど……）

そんなことを考えながらラップサンドをかじった。スモークサーモンとクリームチーズが滑らかでおいしく、急に激しい空腹を覚えて、朝食を食べていなかったことを思い出した。

桃香が味わっている間に、健都は話を続ける。

「やっぱり目的を持つことが大切だよ。桃香さんはちゃんと仕事に生かしてるよね。意識が高いっていうのが伝わってくるよ」

「や、別に意識が高いとか……そういうわけじゃなくて。子どもの頃から英語が好きで、せっかくなら英語を使って仕事がしたいなって思ってたら、運良く今の会社の社長が声をかけてくれたんです」

「えっ、すごいな。企業の方から声をかけてくれるなんて」

健都が感心したように言うので、桃香は首を軽く左右に振った。

「いえいえ、私よりも社長の方がすごいんです。社長はおじいさんを過労で亡くされて、なにか健康管理に役立つ仕事がしたいって考えて、大学院在学中に起業したんです。そのときから海外展開を視野に入れてて。まだ大学生だった私に、私が卒業する頃にはきっと海外企業とも取引するようになってるはずだから、ぜひうちへの就職を考えてくれないかって言ってくれたんです」

「桃香さんを選ぶなんて、その社長は人を見る目があるんだね」

健都の言葉に、桃香は気恥ずかしくなって曖昧に微笑んだ。

健都は話を続ける。

「人間って周囲の人から影響を受けるから。やっぱり周りにいる人は意識の高い人の方がいいと思うよ」

健都はそう言ってラップサンドをかじった。桃香はシャイニングブライトリーの社員の顔を思い浮かべる。

桃香のように新卒で入社した社員もいれば、清菜のように他社での経験を持つ人材もいる。

みんな壮真の志に共感し、シャイニングブライトリーの理念に惹かれて入社しており、仕事や勉強に熱心な人たちばかりだ。

健都はアイスコーヒーを飲んで口を開く。

「うちの会社は半々かな～。とりあえず給料もらって、好きなことして遊ぶってだけの人もいるし。せっかく大きな商社に入ったのに、そんな考え方じゃもったいないよね～。どうせならどんどん自分を磨いてステップアップした方が、人生おもしろいのに」

健都はラップサンドを握ったまま生き生きと語っている。壮真も企業のビジョンやアプリのアイデアを語るとき、同じように目を輝かせることをふと思い出した。

(壮真さん……)

鼻の奥がつんと痛んで、桃香は気を紛らせるようにラップサンドをもぐもぐと食べた。

「──てよ、桃香さん」

「えっ？」

壮真のことを考えてぼんやりしていた桃香は、健都の言葉を聞き逃してしまった。

健都はいつの間にか食べ終えて、右手にスマホを持っていた。彼は笑いながら言う。

「もう、ひどいなぁ。俺の話、聞いてなかったの？」

桃香は慌てて最後の一口をカプチーノで流し込んだ。

「ご、ごめんなさい」

「スマホ出して」

健都に言われるままバッグからスマホを取り出したとき、急にスマホが振動を始めた。

「きゃっ」

「大丈夫？」

「あ、はい、すみません」

画面を見たら、壮真からの着信である。

（もー、なんてタイミングなの……）

桃香は心の中でため息をついた。健都は桃香のトレイを掴んで言う。

「電話、出ていいよ。トレイは俺が片づけておくから」

「あ、でも」

「いいよ、気にしないで。人脈は大切にしないといけないからね」

健都が二人分のトレイを持って立ち上がったので、桃香は礼を言って出入り口に向かった。

カフェを出て通路の隅に避けてから、通話ボタンをスワイプする。

「はい」

桃香は無愛想な声で応答した。

『桃香、ちゃん』

壮真のホッとしたような声が聞こえてきた。桃香は彼が話すのを黙って待ったが、スマホからはなにも聞こえてこない。

「……もしもし？」

『あ、ああ』

普段の壮真らしくない様子に、桃香は眉を寄せる。

「なんのご用でしょうか？」

『その……体調は、どう？』

「……別にどうってことありませんけど」

スピーカーから壮真が大きく息を吐く音が聞こえた。

『それならよかった……』

「用件はそれだけですか？」

桃香の言葉に、壮真の慌てた声が返ってくる。

『いや、違う。話がしたいんだ。今からどこかで会えないかな？』

「無理です」

『何時なら会える？』

「何時でも無理です」

『それなら明日は？』

「明日も無理です」

スマホの向こうで壮真が深いため息をついた。

『いつなら話せるんだ？』

そのとき、健都がカフェから出てくるのが見えた。桃香はスマホを耳に当てたまま、健都に手を振って声をかける。

「健都さーん！　こっちです」

当然、その声は壮真の耳にも届いている。

『男と一緒なのか⁉』

スマホから壮真の驚いた声が聞こえてきた。桃香は壮真の驚きに気づかないフリをして、なんでもない口調で答える。

「はい。一緒に食事をしてました」

『どういうつもりだったんだ⁉』

壮真の口調が険しくなった。

「なにがです？」

『今日、別の男と会うのに、昨日、俺にあんなことをするなんて』

「私、ちゃんと言いましたよ。誕生日プレゼントだって」

『よくそんなことが言えるな』

壮真の声に怒りが混じった。

昨晩、壮真に拒絶されたことを思い出して、桃香は声を震わせながら言う。

「どうして怒られなくちゃいけないんですか⁉　いいかげん、お兄さんぶるのはやめてください」

『つまり……俺は桃香ちゃんにとって迷惑な存在だったのか？』

そうです、と嘘をつけば壮真への想いを断ち切れるかもしれない。

でも、彼は桃香にとって誰よりも大切な人だ。どうしても嘘をつけずに黙っていたら、壮真が押し殺した声で呟いた。

『……最悪な気分だ』

桃香も同じように声を低めて言う。

「だったら、もう私に構わないで、最高の気分になれる相手と最高の気分になれることをしてください」

桃香は言うなり通話を終了した。スマホをバッグに戻そうとしたとき、健都が近づいてくる。

「ごめんなさい、電話、長くなって」

「いや、俺は別にいいよ。それよりスマホを出してるついでに連絡先を交換しよう」

健都は彼のスマホを出してメッセージアプリを立ち上げた。断るのも変な気がして、桃香は彼と連絡先を交換した。健都はにっこり笑って桃香に言う。

「それで、桃香さんって彼氏いる？」

「はい？」

唐突に訊かれて、桃香はぱちくりと瞬きをした。

「よかったら俺と付き合わない？」

「付き合うって……？　ええと、買い物とか、ですか？」

桃香の返事を聞いて、健都は小さく噴き出した。

「はぐらかしてるつもり？　俺にはそういうのは通用しないよ」

「えっ？」

「単刀直入に言う。俺は桃香さんとならすごく有意義な付き合いができると思うんだ。お互いを高め合っていけるようなね。どうかな？」

健都が言う〝付き合い〟とは、いわゆる男女の付き合い、つまりは恋人関係ということなのだろうか？

（だけど、こんな告白、小説でもドラマでも聞いたことがない。私、本当に今、健都さんに告白されてるの……？）

恋愛経験の乏しい桃香はイマイチ自信が持てず、彼を見る。

「えっと、それは……？」

「うーん、即答は難しいのかな？　でも、桃香さんに俺のよさを知ってほしいし、俺との付き合いを前向きに考えてほしい」

健都は桃香をまっすぐに見た。

どうやら彼に交際を申し込まれていると考えていいようだ。

「ええと……じゃあ、まずは友達から……？」

桃香がおずおずと言うと、健都は苦笑混じりの表情になる。

「俺たち、もう友達だと思ってたけど？」

「あ、そ、そうでしたっけ？」

「そうだよ。じゃあ、今日はこのまま一緒に過ごそうか。いい？」

健都に訊かれて、桃香は彼の勢いに押されるまま、首を縦に振った。

「あ、は、はい」

「じゃあ、今から映画を観に行こう」

健都は言って左手で桃香の右手を握った。桃香は驚いて、健都に握られている右手から彼の顔へと視線を動かす。

目が合って彼はにっこり笑った。

「やっぱり桃香さんは字幕なしでも理解できるのかなあ？」

桃香の手を握ったまま当たり前のように会話を進められ、桃香は戸惑いながら答える。

「あ、はい、一応……」

「さすがだね。俺はまだ八割くらいしか理解できないなぁ。そうだ、あとで感想言い合いっこしようね」

健都に手を引っ張られて、桃香はよろけそうになりながら歩き出した。

「あっ」

「強引にしちゃってごめん。でも、桃香さんをほかの男に取られたくないんだ。一緒にいろいろ経験して、桃香さんに俺のよさを早く理解してほしいし」

健都は肩越しに桃香を見ながら言った。

彼の言う通り、確かに少し強引に感じるが……この強引さが桃香を壮真への恋心から救い出してくれるかもしれない。

桃香は健都に並んで言う。

「それで、なにを観るんですか？」

「俺の好きな監督の映画が昨日封切られたばかりなんだ。監督はイタリア系のアメリカ人なんだけどね……」

健都は歩きながら彼の好きな映画監督について饒舌(じょうぜつ)に語り出した。桃香も映画は好きだが、映画は観て楽しむだけで、制作した監督のことはほとんど知らない。

「俺が初めてこの監督の映画を観たのは中学二年のときだった。中学生ながら、すごい衝撃を受けたんだ。幅広い年齢層に訴えるような作品が得意なんだろうね」

エレベーターに乗り込んでも、健都は監督への熱い思いを語り続けている。

（よっぽど好きなんだ）

夢中で語る彼の姿は、微笑ましく思えた。

第四章　あの夜の続き

「ありがとうございましたぁ。またよろしくお願いします～」

キッチンカーの女性スタッフが、窓からパニーニの包みとカフェラテが入ったカップを差し出した。桃香は両手を伸ばして受け取る。

「ありがとうございます」

パニーニを販売する水色のキッチンカーは、毎週水曜日、ランチタイムにオフィスビルの前にやってくる。今日買ったのはトマトとバジル、モッツァレラチーズとベーコンが入った具だくさんのパニーニだ。

桃香は自動ドアからビルに入り、エレベーターで十階に戻った。社員用出入り口のドアを開けて、入り口近くにある休憩スペースに向かった。そこには、ローテーブルを挟んで三人掛けのソファが向かい合わせに置かれているのだ。

パーティションを回ると、いつもの通り、三十代前半の事務社員、東奈央子(あずまなおこ)がいて、手作りのお弁当を食べていた。奈央子は今年の四月、二人目の子どもが小学校に入学したのを機に、シャイニングブライトリーに入社した。縁なしの眼鏡をかけ、セミロングの黒髪をサイドでまとめている。いつも落ち着いた服装が多く、今日は白いシャツにネイビーのスカートという格好だ。

「高井戸さん、お疲れさまです」

「東さんもお疲れさまです」

桃香は小さく会釈をして、奈央子と向かい合う場所に腰を下ろした。

「いただきます」

桃香は手を合わせて小声で言い、パニーニの包みを開けた。パニーニは焼き立てで、一口かじると、皮はパリパリで中はふんわりしている。具もボリュームたっぷりで食べ応えがあった。

(んー、おいしい。午後からもがんばれる味だぁ)

オフィスビルの前に来るキッチンカーはときどき入れ替わるが、このパニーニ販売のキッチンカーにはできるだけ長く来てほしい。

そんなことを思いながら食べていたら、突然奈央子に話しかけられた。

「高井戸さん、社長とケンカしたんですか?」

いきなりそんなことを訊かれて、桃香はパニーニが喉につかえそうになった。

「えっ、な、なんでですか」

胸を叩きながら奈央子を見たら、奈央子は箸を持っていた手を下ろして言う。

「この三日間、『桃香ちゃん』って呼ぶ社長の声を聞いてないですから」

「まあ……それはそうですね……」

奈央子の言う通り、みんなにするような挨拶を除けば、月曜日から壮真と一度も会話をしていない。仕事の連絡や指示も、社内メールで送られてくる。

(おまけにボルドーのネクタイもしてくれないし……)

お互い意識的に避けていて、壮真との関係はいままでになくよそよそしい。

覚悟していた結末だが、壮真に抱かれることもなく、彼を吹っ切れることもなかったことを思えば、なんのために彼を襲おうとしたのだろう。すべてが無駄になってしまった。

奈央子はおにぎりをかじり、もぐもぐして飲み込んでから口を開く。

「いつも微笑ましく見てたんですけどね」

そのとき、清菜がマグカップを持って休憩スペースにやってきた。彼女はコーヒーサーバーからコーヒーを注ぎながら言う。

「兄妹(きょうだい)ゲンカでもしたんじゃないですか」

清菜の言葉に奈央子は苦笑した。

「兄妹って。私の目にはそんなふうには見えませんけど」

「もちろん本物の兄妹ってわけじゃないですよ。でも、東さんは入社して三カ月だからご存じないかもしれませんけど、社長と桃香ちゃんは桃香ちゃんが学生のときからず〜っと兄妹みたいな関係だったんです。世話焼きのお兄さんにかわいがられる妹、みたいな感じで。まあ、なにが原因かは知りませんけど、もういいかげん兄離れ、妹離れしないとね」

清菜は桃香の隣に座り、コーヒーを一口飲んで桃香を見る。

「あんまり社長を困らせちゃダメよ、桃香ちゃん」

そう言って、赤い口紅が塗られた清菜の唇が弧を描いた。その唇が壮真のそれに重なっていたのだと思うと、桃香は胸が苦しくなって顔を背けた。

「わかってます」

「あら、やっと自覚したのね。ようやく社長も子守りから解放されるってことかしら。まあ、もっと早くから自覚すべきだったとは思うけどね」

清菜の口調には嫌みが混じっているように聞こえた。しかし、桃香のせいで壮真と堂々と付き合えなかった清菜にしたら、嫌みの一つくらいは言いたくなるのかもしれない。

桃香は視線を落とし、黙ってパニーニを口に運ぶ。

「ところで東さん、お子さんは二人いらっしゃいますよね？　何歳差なんですか？」

清菜は奈央子に視線を向けた。奈央子は箸で卵焼きをつまみながら答える。

「三歳差ですよ」

「私も結婚したら、子どもは二人欲しいな～って思ってるんですけど、間を開けるなら三歳くらいがいいんでしょうか？」

「それは人によるんじゃないですか。私の知っているママさんには、早くに職場復帰するために年子で産んだ人もいますし。それに、計画した通りに授かるとも限りませんし」

清菜は身を乗り出すようにして奈央子に話しかける。

「それはそうですよね。私もそろそろ結婚することになりそうなんです。だから、いろいろ教えてください」

「藤原さんって恋人がいらっしゃったんですか？」

　奈央子は首を傾げて清菜を見た。

「お互い支え合っては来たんですけど、事情があって公然と恋人と呼べるような関係ではなかったんです。でも、最近、相手に大きな心境の変化があったので、これからは結婚に向けて進んでいけると思います」

　清菜は奈央子に答えながら、桃香に思わせぶりな視線を投げた。

　どう考えても暗に壮真のことを言っている。

（もうこれ以上聞いていたくない）

　早く食べ終えてこの場から逃げ出そうとパクパク食べていたら、清菜に名前を呼ばれた。

「あ、そうだ、桃香ちゃん」

「はい？」

　桃香は右手で口元を押さえながら清菜を見た。

「も～。口を食べ物でいっぱいにするなんて。桃香ちゃんは本当にお子さまね」

　その言葉に恥ずかしくなって、桃香は顔が赤くなった。黙って口を動かす桃香に、清菜は話を続ける。

「あのね、前の会社の同期の男子が彼女に振られたらしくて、うちの会社の子を誰か紹介してって言ってきたのよ。まあまあのイケメンで、ちょっと優柔不断なんだけど、いい人なの。桃香ちゃんとお似合いかなって思うんだけど、会ってみない？」

桃香はパンを飲み込んで断りの言葉を述べる。

「せっかくですけど、ご遠慮させてください」

壮真のことを吹っ切れていないうえに、健都のこともある。それなのに、ほかの男性のことまで考えるなんて、恋愛経験の乏しい桃香にはキャパオーバーもいいところだ。

それに、清菜の知り合いなんて、会って万が一気に入られでもしたら、断りたくても断りづらくなるだろう。

けれど、清菜はお構いなしにぐいぐい押してくる。

「そんなこと言わないで～。ほんとに優しい、いい人なのよ？　きっと桃香ちゃんを包み込んでくれるはず。会うだけでも会ってみてよ。私の顔を立てると思って。ね？」

そんなことを言われたら、ますます会いたくなくなる。

桃香はカフェラテを飲んで、おもむろに清菜を見た。

「すみませんが、本当に結構です」

「私は桃香ちゃんのことが心配なのよ。社長が結婚したら、今までみたいに面倒を見てもらえなくなるでしょ？　早く代わりの人を見つけた方がいいわよ」

桃香を牽制（けんせい）したいのか、清菜はあまりにもしつこい。桃香はさすがにイライラしてきた。

「私は誰かに面倒を見てもらう必要なんてありませんから」

「どうして？　今まで社長に甘えてたみたいに、年上の甘えられる人が必要でしょ？」

「確かに社長には甘やかしてもらってたとは思いますけど……」

「だったら、ぜひ彼を紹介させてよ。あ、写真があるのよ――」

清菜がスマホを操作して写真を見せようとするので、桃香は大きな声できっぱりと言う。

「付き合おうって言ってくれてる人がいますので、紹介していただかなくて結構ですっ！」

桃香の剣幕（けんまく）に驚いたように、清菜は一度瞬きをした。

「え、桃香ちゃん、いったいどういうこと？」

「どういうって……」

桃香が返答に困っている間に、清菜は矢継ぎ早に質問をぶつける。

「誰かに告白されたのね？　誰？　まさかうちの社の人？」

清菜の勢いに押され、桃香はたじたじとなりながら答える。

「え、あの、会社の人ではないです」

「あっ、そうなんだ」

清菜はホッとしたように表情を緩めて、話を続ける。

「じゃあ、どうやって知り合ったの？　出会い系アプリ？　それとも婚活パーティ？」

「いえ……英会話カフェで……知り合った人で……」

「英会話カフェ？　へー、いくつの人？　会社員？」

「に、二十七歳です。会社員です」

桃香の返事を聞いて、清菜はニコーッと大きな笑顔になった。

「なんだ、そっか、そっかぁ！　も〜、よかった！」

「あ、でも、まだ友達なんですけど」

桃香の言葉を聞いて、清菜は眉をひそめた。

「どういうこと？」

「英会話カフェを含めてまだ三回しか会ったことがないので……」

「でも、告白されたんでしょ？」

「まあ、はい」

「デートはしてないの？」

桃香は土曜日の出来事を思い出しながら答える。

「一緒にランチを食べて映画を観ましたけど……」

「それをデートって言うのよ」

桃香は思いっきり首を傾げた。映画を観たあと、健都が急に英語で話しかけてきた。そうして英会話カフェのノリで英語で感想を言い合い、金曜日に英会話カフェのあとで一緒に食事をする約束をして、地下鉄の駅で彼と別れたのだ。

「ま、とにかく、社長もこれで妹のお守りを卒業できるわよね。ほんとによかったわぁ」

清菜に満面の笑みで言われて、桃香は唇を引き結んだ。

桃香はまだ壮真を吹っ切れていないのに、壮真と清菜の関係はどんどん進んでいるようだ。

（健都さんを……好きになれたらいいのに）

けれど、好きにならなくちゃ、好きになるはず、好きかもしれない……なんて頭で思い込もうとしても、心はそうはなってくれないのだ。

桃香は沈んだ気持ちで、残りのパニーニを口に入れた。さっきはあんなにおいしく思えたのに、今は冷えてひどく味気なく感じた。

そうして気持ちが停滞したまま迎えた金曜日。桃香は五時半過ぎに仕事を終えた。かなりハイペースで仕事を進めたので、ドライアイ気味の目が痛い。けれど、がんばった甲斐あって、六時から始まる英会話にじゅうぶん間に合う。

そして、英会話を四十五分間楽しんだあとは、健都が七時に予約をしてくれたイタリアンレストランで食事をする予定だ。

健都が言っていたように、彼のよさを知っていけば、今なおじくじくと疼く胸の痛みも、和らぐかもしれない。

桃香は疲れた息を吐いてパソコンをシャットダウンした。

同じシマの奈央子は時短勤務のため、定時より一時間早い四時で退社している。残っている清菜ともう一人の女性社員に挨拶をしようとしたとき、営業部で販売促進を担当している男性社員が、桃香のデスクに慌てた様子で駆け寄ってきた。

桃香より少し年上で、温和な雰囲気の森本だが、今はひどく焦った表情をしている。

「ああ、よかった！　高井戸さん、まだ帰ってなかった！」

「森本さん、どうされたんですか？」

桃香はチェアに座ったまま森本を見上げた。

彼はＡ４サイズのパンフレットを桃香のデスクに置く。

「急いで翻訳してほしいレターがあるんです。本当は昨日届いてたのに、メールに気づいたのがついさっきで……。どうしても今日返信したいんです。定時を過ぎてるのに、ほんと申し訳ないけど、引き受けてもらえませんか？」

森本は顔の前で両手を合わせて、桃香を拝む仕草をした。申し訳なさそうに頼まれたが、そもそもそれが桃香の仕事である。

桃香は快く返事をする。

「はい、もちろん」

「ありがとうございますっ。それと、このパンフの付箋貼った箇所も英訳お願いします。それじゃ、今から返信用のレターをメールで送りますねっ」

森本がバタバタと営業部のブースに戻っていき、桃香はパンフレットを開いた。

付箋が貼られている製品は二つだ。これらと一緒に返信メールを英訳するとなると、おそらく二時間ほどかかるだろう。

残念ながら、英会話カフェは諦めなければいけない。健都との食事も断った方が無難だろう。

桃香はパソコンの電源ボタンを押して、デスクの下の物入れに入れていたバッグからスマホを取り出した。

「すみません、予定をキャンセルしなくちゃいけないので、メールさせてください」

桃香と森本のやりとりを見ていた清菜が返事をする。

「もちろんどうぞ。あ、もしかして、水曜日に話してた彼とのデート？」

「デートではないですけど、約束してましたので」

「ちょっと、せっかくのチャンスなのに！　ドタキャンはまずいわよ。どうにかならないの？」

清菜に焦った口調で言われたが、桃香は苦笑して答える。

「うーん、どうにもなりませんね」

そもそも翻訳担当社員は桃香しかいないのだ。

「だったら、お相手の印象が悪くならないようなメールを送るのよ」

清菜があまりに心配そうな表情で見てくるので、桃香は不思議に思いながらも「わかりました」と返事をした。

英会話カフェの主催者に、行けなくなったことを伝えるお詫(わ)びのメールを送ったあと、健都にもメッセージを送る。

【こんにちは。申し訳ないのですが、急な残業が入って、七時に間に合わなくなってしまいました。せっかく予約してくださったのに、本当にすみません。予約をキャンセルしていただけないでしょうか？】

既読にならないので、健都は移動中なのかもしれない。

申し訳ない気持ちになりながら、桃香はスマホを片づけた。

パソコンに向き直ると、森本から社内メールが届いていた。返信先のメールアドレスとともに説明と指示が書かれている。

それによると、簡単な英語で書かれた問い合わせメールが会社の代表メールアドレスに届いていたが、費用に関する問い合わせがあったので、事務担当の奈央子がいったん清菜に転送したらしい。

それを清菜が森本に転送したが、森本が気づいたのがついさっきだった、ということだった。

桃香はすぐに作業に取りかかった。

しばらく翻訳を進めていたら、デスクの上に白い小さな紙袋がそっと置かれた。驚いて顔を上げたら、デスクの横に壮真が立っている。

「……差し入れ」

壮真は硬い表情で言った。彼と二人で向き合って話すのは、先週、金曜の夜の出来事があって以来だ。桃香は緊張しながら小さく頭を下げる。

「……ありがとうございます」

「遅くまですまない」

「別に遅くありません」

「だが、予定があったんだろう？」

どうして壮真が知っているのだろう？

桃香は怪訝(けげん)に思って壮真を見上げた。彼はふいっと視線を逸らす。

「藤原さんの声が大きくて聞こえた」

三十分ほど前の清菜のセリフを言っているのだろう。

「そうですか、でも、仕事ですから」

桃香が答えたとき、オフィスの入り口から当の清菜の大声が聞こえてきた。

「社長、急いでください！　先方をお待たせすることになりますよ！」

「ああ」

壮真は清菜に返事をしてから、桃香を見た。

「創業当初からお世話になってる取引先との懇親会があるんだ。俺と副社長と藤原さんの三人で参加するんだが、もう行かなきゃならない。すまないが、よろしく頼む。帰りは気をつけて帰ってくれ」

「はい」

桃香の返事に頷いて、壮真はドアに向かった。

桃香が見ていたら、壮真が振り返った。壮真と桃香の目が合った瞬間、清菜が壮真の右腕を掴む。

「もー、なにやってるんですか。ほんとに遅れちゃいますよ！」

心なしか清菜の壮真に対する態度が以前よりも親しげになっている気がする。

桃香は二人から目を逸らし、視線をパソコンに戻した。

壮真がくれた紙袋が目に入る。開けてみたら、透明フィルムでラッピングされたマフィンが二つ入っていた。プレーンとココアの二種類だ。

桃香は紙袋をデスクの隅に押しやり、翻訳作業に戻った。

しばらくして、森本が遠慮がちに声をかけてきた。

「あの、高井戸さん」

「はい」

顔を上げると、森本はビジネスバッグを両手で抱えて、桃香のデスクの横に立っていた。

「お願いしておいて、ほんとに申し訳ないんだけど……妻がつわりで……ご飯食べられてないらしくて……先に帰らせてもらっていいですか?」

「もちろんです。奥さまをいたわってあげてください」

「ほんとに申し訳ない。よかったら、コーヒー飲んでください」

森本は桃香のデスクに缶コーヒーを置いた。

「ありがとうございます」

「それじゃ、お願いします」

「はい。お疲れさまでした」

「お先に失礼します」

森本は深く頭を下げたあと、急いでオフィスを出ていった。

桃香は首をぐるりと回して作業に戻る。やがて必要な文章をすべて訳し終えたが、見直す前に頭をすっきりさせたくて、森本にもらった缶コーヒーを開けた。

オフィスを見回したら、いつの間にかほかの社員はみんな帰っている。広いオフィスに桃香一人きりになっていた。

誰もいないのをいいことに、桃香は座ったまま大きく伸びをした。

（せっかくだから、マフィンもいただこう）

紙袋からマフィンを出して、プレーンのラッピングを外した。一口かじると、しっとりしていてバターの風味が効いている。

「おいしい……」

思わず呟いて、ほうっと息を吐いた。優しい甘さが空腹に染み込むと同時に、心もじんわりとしてきた。なぜだか目頭まで熱くなって、指先で目元を拭う。

（もう私に構わないでって言ったのに……）

桃香は切なくなってため息をついた。

（こんなふうに気遣われたら、忘れたくても忘れられないじゃない）

桃香はどうにか気持ちを切り替えようと、顔を上げてわざと大きな声を出す。

「もう少しだし、がんばって仕事しなきゃっ」

軽く頬を叩いてモニタに目を向けた。さっき訳した文章の見直しに取りかかったとき、足元から低い振動音が聞こえてきた。デスク下の物入れに入れていたスマホが着信を受けている。取り出して見たら、画面に〝健都さん〟と表示されていた。

「もしもし」

桃香が電話に出ると、ざわめきの中、健都の声が聞こえてきた。

『あ、桃香さん。ちょうど英会話カフェが終わったところなんだ。桃香さんは仕事終わりそう？』

「もう少しかかります。せっかく予約してくださってたのに、本当にすみません」

『あとどのくらいで終わりそうかな？』

桃香はパソコンの文書を見ながら答える。

「えーっと……三十分くらいです」

『だったら、七時半には余裕で間に合うよね。レストランには三十分予約を遅らせてもらうように頼んでおくよ』

「あの、でも、オフィスの戸締まりとかもしなくちゃいけないんです。健都さんをお待たせするのは悪いですし、また日を改めて――」

『俺が桃香さんに会いたいんだ。桃香さんは俺に会いたくない？』

突然甘いセリフを言われて、桃香は言葉に詰まった。

「えっ……」

桃香が困った声を出したからか、健都は苦笑混じりの口調で言う。

『とにかく気にしないで、桃香さんは直接レストランに来てくれたらいいよ。早く仕事に戻って。会えるのを楽しみに待ってるから』

プツッと電話が切れて、桃香は瞬きをした。

(これって……絶対に行かなくちゃいけない……ってことだよね?)

こうなってしまっては、悩んでいるヒマなどない。

(できるだけ早く終わらせなくちゃ)

桃香は慌ててパソコンに向き直った。


そうしてどうにか森本の指示通りメールを送信したあと、オフィス中の不要な機器の電源を切り、戸締まりを確認した。社員用のドアをロックして、走って地下鉄の駅に向かう。

健都が予約してくれたレストランは一駅隣にある。地下鉄に乗って腕時計を見たら、七時十八分だった。七時半までには着けるだろう。

(よかった、どうにか間に合いそう)

桃香は大きく息を吐いてドア横の壁にもたれた。

三十分ほど前に電話で健都に言われた言葉が、ふいに蘇る。

『俺が桃香さんに会いたいんだ。桃香さんは俺に会いたくない?』

あのとき、すぐに答えることができなかった。

健都とは英会話カフェでも、先週の土曜日のように書店やカフェでも、会えば普通に話せる。

それは大学のサークルや社内の男性の場合となんら変わらない。

(だけど……壮真さんとは違う……)

壮真のことを考えると、胸がギュウッと締めつけられた。桃香は慌てて首を横に振る。

(ダメダメ。壮真さんを私の兄代わりから解放してあげないと)

そのためには桃香が彼を忘れるしかないのだ。叶わぬ恋を諦めるには、新しい恋を見つけるしかない。すぐ近くに好意を寄せてくれている人がいるのだから、あとは桃香の気持ち次第だ。

(絶対に健都さんを好きになろう)

ほどなくして駅に到着した。桃香は改札を抜けてレストランのあるビルへと急ぐ。エレベーターに乗り、五階で下りてフロアを見回したら、いくつかあるレストランの中程に、健都が予約してくれた店があった。

半分開いているガラス戸から中に入ると、白いシャツに黒のベストとスラックスという制服姿のウェイターが桃香に声をかけた。

「いらっしゃいませ」

「あの、長原で予約していると思うんですが」

「承っております。こちらへどうぞ」

ウェイターについていくと、窓に面した半円形のテーブル席に案内された。すでに健都は座っていて、桃香を見て軽く右手を挙げた。

「桃香さん」

「お待たせして本当にごめんなさい」

ウェイターが椅子を引いてくれたので、桃香は腰を下ろした。ウェイターは二人の前にメニユーを広げ、「お決まりの頃に参ります」とテーブルから離れた。

「お疲れさま。急に残業が入ったの？」

健都に話しかけられ、桃香は足元のカゴにバッグを置いて答える。

「はい。お約束してたのにすみません」

「大丈夫だよ。英会話カフェの参加者と雑談してたから。でも、いかにも日本人英語って感じの発音の子だったから、俺が勉強に付き合ってあげてたって感じかな」

「そ、そうなんですか」

英語は〝世界の共通語〟と言われるだけあって、いろいろな国の人が英語をしゃべる。同じ英語でもオーストラリア英語や南アフリカ共和国英語、インド英語など、それぞれかなり違いやなまりがある。

きれいな発音に憧れる人の気持ちもわかるが、コミュニケーションで一番大切なのは相手の話を聞こう、自分の気持ちを伝えようという姿勢だと思う。

そんなことを考えていたら、健都がひょいと桃香の顔を覗き込んだ。

「俺のために急いできてくれたんだよね？」

「あ、はい」

「やっぱり今日会うことにして正解だっただろう？」

なんだかその言い方だと、桃香が望んで会いたがったように聞こえる。桃香は黙ったまま曖昧に微笑んだが、考え直した。

（ダメダメ、健都さんのいいところを探さなくちゃ。こういうのは強引……じゃなくて、引っ張ってくれるタイプ、リーダーシップがあるタイプってことなのかも）

そう考えれば、健都のいいところを一つ知ったような気になる。

桃香が納得していたら、健都がメニューを見せた。

「それじゃあ、さっそく注文しようか」

桃香はメニューに視線を走らせた。アラカルトとコース料理があり、渡り蟹（わたりがに）のトマトリゾットや仔牛（こうし）のカツレツなど、どれもおいしそうだ。

（迷うなぁ……）

魚貝が食べたいからアクアパッツァにしようかな、と思ったとき、健都が桃香に体を寄せた。

「俺、この店はよく来るんだよ。お薦めのメニューがあってね。〝ラム肉のソテー・バルサミコソース〟が絶品なんだ。牛ヒレ肉のステーキとか食べたくなるかもしれないけど、この店で俺が一番お薦めするなら、やっぱりこの料理だね。桃香さんはラム肉、好き？」

至近距離で見つめられ、桃香は少し体を引いて答える。

「あ、はい」

「よかった！　匂いが苦手、とかいう人がたまにいるんだよね。でも、ここのは食べないと絶対に後悔するから」

そこまで強烈に推されたら、食べないわけにはいかないだろう。

「じゃあ、ラム肉にします……」

「それじゃ、ラム肉のソテーが入ったコースで決まりだね。俺、このコースのときはいつも決まって飲みたくなるワインがあってね……」

健都が得意そうな表情でワインについてあれこれと説明を始め、桃香は選択権を早々に放棄した。

結局、健都お薦めのラム肉のバルサミコソースが入ったコース料理を、健都お薦めの赤ワインと一緒に味わった。

食後のコーヒーを飲みながら、健都は彼が今読んでいるマネジメント論の本の話を続けている。

「……だから、これからはどんな事業でも、社会貢献につなげていかないといけないってわけなんだ」

健都はマネジメント論の本をしっかりと読み込んでいて、内容を何度も引用していた。聞いているこちらが講演会にでも参加しているような気分になるほどだ。

(健都さんってすごく勉強熱心なんだなぁ)

彼のいいところ二つ目を発見した、と思ったとき、健都は一通り話し終わったらしく、コーヒーカップをソーサーに戻して腕時計を見た。

「もう九時か。有意義な時間はあっという間に経つね。そろそろ出よう」

「はい」

健都はウェイターに合図をして、テーブルで会計を済ませた。店を出たところで、桃香はバッグから財布を取り出す。

「立て替えていただいて、ありがとうございました」

桃香が自分の分のお金を渡すと、健都は大きく頷いた。

「よかった」

「どうしたんですか？」

「桃香さんが思った通りの女性だったから」

桃香は不思議に思って彼を見た。

「それはどういう意味ですか？」

「男に奢（おご）られて当然だって思うような女性じゃないって意味だよ。それじゃ、帰ろう。桃香さんは地下鉄だったよね」

「はい」

「俺はＪＲだけど、地下鉄の駅まで送るね」

健都が言って歩き出した。彼は歩幅は小さいが歩く速度が速く、桃香は普段よりもペースを上げて彼に並んだ。七月中旬の夜九時はそんなに暑くないのだが、彼に合わせて歩いているうちに、肌が汗ばんでくる。

「おいしかったね」

健都に話しかけられて、桃香は頷いた。

「はい、とても」

「俺のお気に入りの店なんだよ」

「よく来るっておっしゃってましたね」

「ああ。だから、どうしても今日、桃香さんを連れてきてあげたかったんだ。桃香さんも来てよかったでしょ？」

「あ、はい」

確かにおいしかった。それにリーズナブルだったので、今度は友達と来てもいいかもしれない。

やがて地下鉄の駅の出入り口に到着した。桃香は改札前で健都に向き直った。ＪＲを利用する彼とはここでお別れだ。桃香は送ってくれた礼を言おうとしたが、桃香が口を開くより早く健都が言葉を発する。

「桃香さん」

「はい」

「俺とのこと、前向きに考えてくれたよね？」

健都はニコニコと笑みを浮かべていて、色よい返事を期待しているのがわかる。

（でも……まだ健都さんを好きになれていない……）

桃香は申し訳ない気持ちになりながら、正直に答える。

「すみません……まだ結論は出せてないんです」

桃香の言葉を聞いて、健都は驚いたように目を見開いた。

「えっ、どうして？　なにを迷う必要があるの？」

確かに、新しい恋をしたいのなら、イエスと答えるべきなのだと頭ではわかっている。けれど、一番肝心な……自分の気持ちがついていかないのだ。

桃香は自分の事情を明かすことにした。

「あの、健都さん。私、実は……ずっと好きな人がいたんです」

健都はわずかに眉を寄せたが、なにも言わないので、桃香は話を続ける。

「……その人にとって私は恋愛対象ではないので、諦めようと努力してるんですが……まだ引きずっている状態で。だから、こんな気持ちで健都さんとお付き合いするのは申し訳ないと思うんです。ですから、やっぱりお付き合いすることは――」

できません、という桃香の言葉を遮るように健都は言う。

「そんなこと気にしなくていいよ」

「えっ？」

「そういう事情なら、なおさら俺と付き合えばいい」

健都は右手を伸ばして桃香の左肩に置いた。

「あの」

戸惑う桃香の頬に、健都は唇を寄せる。

「俺と付き合えば、すぐに俺のよさがわかる。過去の恋なんて忘れられるから」

健都は言うなり桃香の左頬に軽くキスをした。チュッと音がして、桃香の体が硬直する。

「えっ」

「大丈夫。きっと君は俺に恋をする。それじゃ、また連絡するよ」

突然のことに驚いてなにも言えずにいる桃香に、健都はニッと笑って言う。

「次会うときは唇にするから、覚悟して」

健都はウィンクするとくるりと背を向け、颯爽と歩き出した。

(か、覚悟って……⁉)

曲がり角に着いた健都が、振り返って桃香を見た。桃香がまだ改札前に立っているのを見て、右手を軽く挙げる。桃香はハッとして、小さく会釈をすると改札に向かった。

やって来た地下鉄に乗って、ドアの横に立つ。

(頬に……キスされてしまった)

健都の唇が触れた箇所をそっと手で押さえた。一瞬の出来事で、彼の唇の感触は覚えていない。

(『次会うときは唇にするから』って……普通、そういうのって付き合ってないとしないよね？　じゃあ、私たち付き合ってるの？　付き合うことになったの？　でも、私はイエスって返事をしてないし、そもそも一度も好きって言われてないし……)

そんなことをぐるぐる考えていたら、あやうく自宅の最寄り駅で降り損ねそうになった。閉まりかけたドアから慌てて下りて、トボトボと家に向かう。

(でも……私は付き合ってないのに壮真さんとキスしたんだ)

ふと彼のことを思い出したとき、当の壮真の姿が目に入って、心臓がドキンと跳ねた。桃香の部屋がある七階建ての白いマンションの前で、腕を組んで立っている。マンションを見上げながら指先で腕をトントンと叩いていて、イライラしている様子だ。

トクトクと高鳴る鼓動に胸が苦しくなり、桃香は足を止めた。ブラウスの胸元をギュッと握る。

(どうして壮真さんが……?)

桃香の視線を感じたのか、壮真がふとこちらを向いた。

「桃香ちゃん!」

壮真はホッとしたような表情になり、足早に桃香に近づいてくる。

「……どうして、ここに?」

桃香が戸惑いながら尋ねると、壮真は一瞬目を逸らしてから、小さな白い紙袋を持ち上げた。

「忘れ物」

それは壮真がくれたマフィンの紙袋だった。

「あ」

桃香は慌てて退社したため、ココアのマフィンを忘れてきたことを思い出した。

「ありがとうございます。でも、どうして壮真さんが? 懇親会のあと会社に戻ったんですか?」

「……桃香ちゃんを一人で帰らせるのは心配だったから」

壮真はぼそりと言った。その言葉を聞いた瞬間、桃香はやるせない想いに押されるように言葉を発する。

「どうして⁉」

「どうしてって……今までだって桃香ちゃんをずっと見守ってきたんだ。心配になって当然だろう？」

「私に構わないでって言ったじゃないですか！」

「……それでも、構いたいんだよ。桃香ちゃんの幸せが俺の幸せだから」

壮真は口元に淡く笑みを浮かべた。桃香は鼻の奥がつんと痛んで、涙の予感を覚える。

「それが嫌なんです。壮真さんには壮真さんの幸せを見つけてほしいんです。どうしたら私を放っておいてくれるんですか⁉」

「桃香ちゃん……」

壮真の表情が苦しげに歪んだ。

(どうしたら壮真さんは自分の幸せを一番に考えてくれるの？　どうしたらちゃんと恋をして、幸せな結婚をしてくれるの？)

桃香は必死の思いで壮真を見上げる。

「お願いだから、私のことはもう放っておいてください！」

壮真はハッとしたように息を呑んだ。桃香をじぃっと見つめ、その表情が少しずつ暗くなる。

「壮真さん？」

壮真は視線を逸らし、右手で前髪をくしゃりと握った。

しばらく黙ってなにか思い悩んでいたが、やがて右手を下ろし、ゆっくりと桃香に顔を向けた。

「先週、桃香ちゃんは『私が壮真さんを気持ちよくしてあげます』って言ってくれたよな。でも、桃香ちゃんに気持ちよくしてもらってない。その約束を果たしてくれたら、桃香ちゃんを自由にする」

桃香を見つめる壮真は眉を寄せて苦悩の表情をしていた。

桃香は探るように彼を見る。

「そうしたら……本当に私に構うのをやめてくれるんですか?」

「……ああ」

壮真は低い声で答えた。

(それなら……私も今日を最後に壮真さんへの想いを本当に断ち切ろう。そうすれば、健都さんと付き合うことに前向きになれるかもしれない)

桃香は心を決めた。

「わかりました。じゃあ、今からでいいですか?」

「桃香ちゃんがいいなら」

桃香はバッグから鍵を取り出して、オートロックを解除した。自動ドアから中に入ったとき、壮真が桃香の右手を握った。

「……なんですか?」

桃香は握られた手から壮真の顔へと視線を動かした。

「雰囲気も大事だ」

指先が絡められ、いわゆる恋人つなぎになる。こんなふうに手を握られたのは初めてで、桃香の胸が切なくトクンと音を立てた。

桃香は壮真を三階の一番奥にある三〇五号室に案内した。壮真の手を離し、ドアを開けて押さえる。

「どうぞ」

「ありがとう。桃香ちゃんの部屋に来るのは……引っ越しを手伝ったとき以来だな」

壮真は懐かしそうな声で言った。

それは三年前、桃香がシャイニングブライトリーに就職し、実家を出て一人暮らしを始めたときのことだ。

桃香がドアを閉めてパンプスを脱ぐと、壮真は桃香の腰に手を回した。彼の方に引き寄せられそうになり、桃香は壮真の胸を両手で押す。

「先にシャワーを浴びてもいいですか？」

「……ああ」

壮真が腕を解き、桃香はキッチンを抜けて壮真を居室のソファに案内した。

「冷蔵庫に飲み物があるので、お好きなものを飲んで待っててください」

「わかった」

桃香はラックにバッグを置いて廊下を戻り、洗面所に向かった。着ていたものを脱いでバスルームに入る。

「はぁ……」

ため息をついてシャワーのレバーを持ち上げた。手が小刻みに震えて、落ち着かない気持ちで湯を浴びる。

まさか今日、急にこんな展開になるとは思わなかった。

（でも……初めては壮真さんがいいって思ってたから……）

胸につけられたキスマークはもう消えかけていた。代わりに今日、彼の記憶を体に刻み、お別れしよう。

改めてそう思ったとき、ガチャッと音がしてバスルームのドアが開いた。

「えっ」

ハッとして顔を向けると、壮真が立っていた。もちろんなにも身につけていない。

「きゃあっ」

桃香は反射的に両腕で体を隠した。けれど、自分の裸を見られたことよりも、初めて見る壮真の裸体が目の前にあることの方が恥ずかしい。強い光を宿した瞳、広い肩幅、逞しい胸筋、ほどよく割れた腹筋……そして、天を仰ぐ怒張。

桃香は顔を真っ赤にして、壮真に背を向けた。

「どうして」

「待ってられないんだ」

壮真は言うなり桃香を後ろから抱き寄せた。

「きゃ」

背中に彼の逞しい胸板を感じ、お尻に硬く屹立(きつりつ)したものが触れる。

「壮真さんっ」

「待ってられないって言っただろ？　洗ってあげるよ」

壮真はボディソープをプッシュして泡を手に取ると、桃香の鎖骨の辺りに乗せた。それを広げるようにしながら、ゆっくりと肌を撫(な)で下ろした。手のひらで胸の先端をかすめ、膨らみをすくい上げるようにしながら揉みしだく。

彼の大きな手に握られて、柔らかな胸が形を変える。

そのさまはあまりに卑猥(ひわい)で、恥ずかしくて見ていられない。腰の辺りがぞわぞわとして、桃香は喘ぐように声を出した。

「……もう……そこはいいです……から……っ」

「ダメだ。ここもきれいに洗わないと」

胸の先端が、長い指の間でこすられてピンと尖る。それを指先で転がされ、捏(こ)ねられ、押しつぶされた。

いじられているのは胸なのに、お腹(なか)の奥がじんとして、もどかしげに疼く。

「は、あ……っ」

桃香は耐えられなくなって、右手を伸ばして壮真の頬に触れた。

「どうした？」

甘さの滲む口調で問われて、桃香はキスをねだるように壮真を見上げた。

「壮真さん」

「桃香」

壮真は肩越しにゆっくりと桃香に口づけた。触れては離れる彼の唇を追い求めるように、桃香は彼の後頭部に手を回して髪に指を差し入れる。

そうして彼の柔らかな唇を味わっていたら、壮真の右手がお腹を通って下腹部へと下りていった。

「……っ」

滑らかな泡をまとった指が花弁を撫で開いて、花芯を転がした。そうしながらもう片方の手で胸の尖りを刺激する。

「あ……っ、壮真さ、あぁんっ」

桃香の口から甘い声が零れた。

「まだちゃんと洗えてない」

壮真は桃香の耳元で囁いて、長い指で割れ目をなぞった。泡と蜜を絡めながら指先を差し入れる。ゆっくりと抜き差しを繰り返すうちに、クチュクチュと水音が高くなった。

その指がナカを探るように掻き回す。

壮真が指を折り曲げてある一点を押し上げたとき、痺れるような刺激に桃香の腰が大きく跳ねた。

「あぁんっ」

嬌声（きょうせい）がバスルームに響く。恥ずかしいと思う余裕なんてなく、あまりの刺激に立っていられず、桃香は壁に両手をついた。

その腰を引き寄せ、壮真はさっき暴いた桃香の感じる場所を、強弱をつけて掻き乱す。

「ああっ、ダメ、壮真さっ、や、ああっ」

リズミカルに刺激され、体の奥から愉悦がせり上がってくる。耐えきれなくなって、桃香は大きく背を仰け反らせた。その瞬間、電流のような快感が背筋を駆け上がった。

「は……ああっ」

桃香は両手を壁についたまま、荒い呼吸を繰り返す。

そのまま壮真を振り仰ぐと、彼は桃香の唇にチュッとキスをした。

桃香は快感の残る体をゆっくりと起こし、震えそうになる脚に力を入れて壮真に向き直った。

「ちゃんと……壮真さんも……気持ちよくしてあげます」

桃香はボディソープに手を伸ばした。手のひらにたっぷりの泡を取って、彼の胸に乗せた。張りのある肌の上を滑らせ、引き締まった腹腹からお腹へと泡を広げていく。

「桃香」

壮真が眉を寄せて悩ましげな表情になった。

自分が彼にそんな顔をさせているのだと思うと、胸が熱くなる。

「壮真さん」

桃香は両手を壮真の背中に回してギュウッと抱きしめた。愛おしくてたまらず、背伸びをして彼の唇に口づける。そうしながら硬く屹立した彼自身をそっと握った。

その桃香の手首を壮真が握る。

「壮真さん？」

桃香は彼を見上げた。壮真は熱情の滲んだ目で桃香を見つめる。

「桃香のナカで気持ちよくさせて」

壮真はかすれた声で言って、桃香の額に自分の額をコツンと当てた。

「いい？」

壮真に訊かれて、桃香はこくんと頷いた。壮真はバスタブの縁に腰をかけて桃香の腕を引く。

「おいで、桃香」

桃香は壮真に促されるまま彼の太ももを跨いだ。

壮真の手のひらが腰に触れて、ゆっくりと撫で下ろす。その手が太ももを滑って左の膝裏に触れた。そのまま脚を持ち上げられ、蜜口に欲望の切っ先が押し当てられた。

「ん……んん……っ」

熱く硬いモノが押し広げるように侵入してきて、その圧迫感に思わず息が止まる。

「狭い、な」

壮真はギュッと眉を寄せた。その表情が苦しそうに見えて、桃香は喘ぎながら言う。

「壮真さん、だい、じょうぶ？」

「桃香は？」

壮真に気持ちよくなってほしい一心で、桃香は声を絞り出す。

「私は、大丈夫……です」

壮真は桃香の両腰を掴んでぐっと引き寄せた。その瞬間、引き裂かれるような痛みに襲われ、桃香は反射的に仰け反った。

「あぁっ」

「桃香？」

壮真がピタリと動きを止め、桃香は目に涙を滲ませながら囁く。

「ごめんなさ……。私は大丈夫だから……壮真さんが気持ちよくなるように、して」

桃香の表情を見て、壮真はハッとしたように呟く。

「もしかして……初めてだったのか？」

桃香は頬がカアッと熱くなり、黙って頷いた。

次の瞬間、桃香は壮真にギュッと抱きしめられていた。

「桃香、桃香」

壮真は桃香の肩に顔をうずめて、何度も彼女の名前を呼ぶ。

「そ、壮真さん？」

「こんなことをしてまで、俺から自由になりたかったのか？」

下腹部の痛みよりも強い胸の痛みに、桃香の頬を涙が伝った。

「……壮真さんを自由にしてあげたかったんです」

「どういうことだ？」

壮真は顔を上げて桃香を見た。桃香はポロポロと涙を零しながら言う。

「だって……私のせいで、壮真さんがちゃんと恋愛できないから。結婚できないから。私のせいで、壮真さんが幸せになれないから。だから、壮真さんを自由にしてあげたかったの。壮真さんの幸せがなにより大事だから」

「桃香のせいなんかじゃない」

壮真は右手で桃香の涙を拭った。けれど、またすぐに新しい涙が桃香の頬を濡らす。

「俺のせいなんだ」

「どうして？」

「俺が桃香を……好きだから。妹のような存在としてじゃなく、女性として好きなんだ。でも、桃香は俺を兄のように慕ってくれているから……俺じゃ桃香を幸せにできないから……桃香にふさわしい男が桃香を幸せにしてくれるまで、そばで見守りたかった」

想像すらしたことのなかった言葉を言われて、桃香は信じられない思いで瞬きをした。彼は淡く微笑んで言う。

「ごめん。兄代わりの男にこんなことを言われても困るよな。だけど……桃香が自由になりたがってたから……最後に桃香を抱きたいと思ったんだ」

「壮真さんっ」

桃香は壮真にギュウッと抱きついた。

「桃香？」

「私は困りません。最後だなんて言わないでください。私はずっと……プライベートシアターの前で抱きしめてくれたときからずっと……壮真さんが好きだったんです！　大好きだったんです！」

「兄として……ではなく？」

「はい」

「本当に？」

壮真が信じられない、と言いたげな口調で訊き、桃香はしっかりと頷いた。

「はい。だけど、恋愛対象として見られてないって思ってたから……壮真さんを自由にしてあげなくちゃって思ったから……最後に壮真さんとシたかったんです」

「なんてことだ」

壮真は桃香を掻き抱いた。

互いに強く抱き合い、惹かれ合うように唇を重ねる。貪るように互いの唇を味わい、キスを繰り返す。

「桃香……」

壮真が熱を孕んだ声で名前を呼んで、桃香の腰を両手で掴んだ。桃香はゆっくりと彼に体重を預ける。

「ん、うぅっ」

圧迫感がさらに強くなり、奥までこじ開けるように貫かれた。ヒリヒリするような熱を感じて、桃香は眉をギュッと寄せる。

「力、抜ける？」

壮真に言われて、桃香は涙目になりながら浅く呼吸を繰り返した。

けれど、力を抜こうとしても、彼の欲望を咥え込んだ体はどうしたって固く張り詰める。

「ダメ……です……」

「つらくないように、できるだけゆっくり動くから」

壮真は腰を引いて、浅いところをゆるゆるとほぐすように動いた。

やがて彼とつながっている部分がゾクゾクとして、痛いよりも気持ちよく感じるようになる。

「あ……はぁ……」

淡い痺れが気持ちよくて、桃香の表情が緩んだ。

自然と腰が動き、それに気づいて壮真が腰を進めた。ナカを抉られるような刺激に、桃香は甘い悲鳴を上げる。

「ひゃあんっ」

「よくなってきた？」

壮真に訊かれて、桃香は頬を染めながら答える。

「……はい」

「桃香が感じてるのがわかるよ」

「……どうして、わかるんですか？」

「ナカが熱くうねって俺を締めつけてくるんだ」

自分でも、下腹部がキュウキュウと締まって、彼の欲望の形を熱くはっきりと感じる。

「そ……まさんは？　気持ちいい、ですか？」

桃香は彼と一つになれた喜びと強く甘い刺激でとろけそうになりながら、潤んだ目で壮真を見た。彼は熱に浮かされたような表情で囁く。

「ああ。すごくいい」

壮真がゆっくりと腰を動かし始めた。

彼に突き上げられるうちに、桃香は自然と彼と同じリズムを刻むようになった。体を動かすたびに彼を感じて、淡い痺れが何度も背筋を走る。

「壮真さん……壮真さんっ……」

愛しい気持ちに押されるまま、彼の名前を呼ぶ。

「桃香……っ」

壮真が耐えるように眉を寄せて、桃香のお尻をぐっと掴んだ。

つながり合っている部分がこすられ、さらに快感が増して、意識が奪われそうになる。

「あ……んっ……待って……壮真さんも……一緒に……っ」

桃香は一人だけで快楽に呑み込まれまいと、彼の首にしがみついた。

「ああ。今度は一緒だ」

壮真の悩ましげな囁き声が聞こえた直後、抽挿が激しさを増す。

繰り返し穿(うが)たれ、快感が膨れ上がって全身へと弾(はじ)け飛んだ。

「や、あっ、あぁぁーっ」

桃香が大きく背を仰け反らせ、同時に達した壮真が桃香を掻き抱く。

「桃香っ……」

「壮真さん……」

桃香は荒い息をしながら汗ばんだ肌を合わせ、快感の名残を味わうように彼の唇を貪った。

やがてゆるゆると力が抜けて、彼にぐったりともたれかかる。

「桃香……」

壮真の手が愛おしむように桃香の背中をゆっくりと上下した。

けれど、腰に触れられた瞬間、桃香は淡い刺激を感じてビクリと体を震わせた。

そんな反応をしてしまったことが恥ずかしくて、顔を赤くしながら壮真から体を離そうとした。けれど、背中に回されていた彼の手にギュッと力がこもる。

「桃香は俺のもので、俺は桃香のものだ」

壮真の瞳に自分の顔が映っていて、桃香は泣きたいくらいに胸が熱くなった。

「はい」

桃香は壮真の唇にチュッとキスをした。

その瞬間、桃香のナカで彼自身が硬度を取り戻すのを感じた。押し広げるような重量感に淡い快感を覚え、桃香の口から甘い吐息が漏れる。

「はぁ……壮真さん……」

桃香がとろんとした目で壮真を見ると、彼は桃香の耳元に唇を寄せた。

「今夜はずっと、こうやって過ごそうか」

「こう……って？」

桃香が呟いたとき、壮真が腰を軽く揺らした。ナカをこすられ、桃香の口から高い悲鳴が零れる。

「やぁんっ、動かないでぇ……」

「どうして？」

「だって……気持ちよすぎて……どうにかなっちゃいそうです」

こうしてつながっているだけなのに、下腹部が甘く痺れてたまらないのだ。

「どうにかさせてしまうだろうな。五年分、桃香を味わうつもりだから」

「五年分……？」

壮真は桃香の肩に軽く歯を立てた。

「ひあっ」

甘噛みされて、桃香は反射的に背筋を伸ばす。

「ベンチで泣いている桃香を抱きしめたときから、ずっと桃香を守りたい、笑顔にしたいって思ってた。一生懸命笑ってくれたときはキスしたくてたまらなかった。あのときからずっと自制してた分、タガが外れるかもしれない。っていうか、もう外れてる」

言うなり壮真は桃香の腰を両手で支えて、ゆっくりと腰を回した。

「んあぁっ……」

すっかりとろけたナカをじっくり掻き回され、桃香の背筋をビリビリとした衝撃が走る。

「桃香も五年分、俺を味わって」

そんなふうに言われながら体を揺さぶられたら、ノーと言えるはずもない。

第五章　過ぎるほどに甘い

ライトグリーンのカーテン越しに差し込む明かりが、部屋を幻想的な色に染めている。そんな室内に、卑猥な水音と肌がぶつかり合う音が響く。

「あぁ……んっ……壮真さぁ……ん」

四つん這いになって、後ろから腰を掴まれ、ナカを何度も抉られる。昨夜、バスルームから出て何度もイカされ……満たされた疲労感に包まれて眠ったと思ったのに、朝からまた彼に快楽を与えられている。

「あっ……あぁっ……はぁ……も、ダメぇ」

ベッドに突っ伏しそうになったとき、後ろから延びてきた手が胸の突起をつまんだ。

「ひあぁっ」

「まだダメじゃないだろ？　俺を欲しがって締めつけてくるくせに」

「やぁん……壮真さんの……いじ、わる……」

「桃香がかわいすぎていじめたくなるんだ」

笑みを含んだ壮真の声が聞こえたかと思うと、尖りをくりくりと押しつぶされた。胸とナカを同時に責められ、頭の芯まで痺れるような快感に襲われる。

「ダメ……またっ……イっちゃうぅ……！」

桃香はシーツをギュッと掴み、上体を仰け反らせた。直後、壮真が桃香の腰を掴んで体を押しつけ、桃香のナカで果てた。

「もう……無理ですぅ……」

桃香は全身から力が抜けて、ベッドにくたりとうつ伏せになった。壮真は荒い呼吸を繰り返し、桃香を後ろから抱きしめながらベッドに横になる。

桃香は背中に壮真の熱い肌を感じながら、自分の鼓動が落ち着くのを待って、肩越しに彼を見た。

「……壮真さんは絶倫なんですか？」

桃香の問いを聞いて、壮真はクスリと笑った。首筋に吐息がかかり、桃香は小さく甘い悲鳴を上げる。

「ひゃん」

壮真は片手で桃香の髪を撫でながら言う。

「言っただろ、五年分、桃香を味わうって」

「五年分……」

桃香はため息をついた。何度もイカされたせいで、体はぐずぐずにとろけていて、まったく力が入らない。

「それにしても、桃香が『絶倫』なんて言葉を知ってるなんて」

「私、こう見えて知識はいろいろあるんですよ？」

ロマンス小説で得た知識だけど、と桃香は心の中で付け足した。

体をゆっくりと動かして壮真の方を向くと、彼は片方の眉を上げた。

「へえ？　そういえば、俺の誕生日も積極的だったな。だから、あのときは経験があるのかと思ったんだ」

「私は壮真さんがすごく意地悪だったので驚きました」

「それは、まあ」

「まあ、なんですか？」

桃香がじぃっと見つめると、壮真は視線を逸らして人差し指で頬を掻いた。

「あのときは……桃香の初めての相手に嫉妬してたからね」

「そんな人、いませんでしたけど」

「そうだな。だけど、架空の男に嫉妬して……おかしくなりそうだったんだ」

あのとき獰猛にも感じたのはそういうわけだったのか、と桃香は納得した。

「壮真さんが私の初めての人になったんですけどね」

「ああ、嬉しいよ」

壮真は言って、桃香の額にチュッとキスをした。

それからまぶたに、鼻の先に口づけて、唇を重ねる。

彼の手が背中をゆっくりとなぞってお尻を掴んだので、桃香は両手を彼の胸に押し当てた。

「もう本当に無理ですっ」

桃香が軽く睨むと、壮真は小さくため息をついた。

「ダメだ。タガが外れたまま戻らない」

「えっ、戻してください。そんなの困ります」

「桃香を困らせたい」

壮真は今度は甘えるように桃香の胸元に頬を寄せた。

そんな様子が愛おしくて、胸がキュンとする。

(壮真さんの意外な面をたくさん見ちゃった)

それが自分だけの特権なのだと思うと、とても嬉しい。

「ずっとこうしてるのもいいですけど……今何時なんでしょう」

桃香は首を動かしてラックの上の置き時計を見た。

もうすぐ十一時半だ。

正午近いことを認識した途端、急に空腹を覚えた。

「なにかブランチを作りましょうか」

桃香が体を起こそうとすると、壮真がくるりと桃香の上になった。

「壮真さん?」

まさかまたする気じゃ……と桃香が半分青ざめかけたとき、壮真は彼女の唇にキスを落とした。

「俺が作るよ。食材はなにがある？」

「え？　ええと……」

桃香は起き上がろうとしたが、壮真は桃香の上から動かない。

「桃香に無理をさせてしまったからな。桃香はゆっくり休んでて」

あんなに無茶苦茶啼かせておいて、こんなふうに優しくされたら、どうしたって顔がにやけてしまう。

桃香はだらしなく緩みそうになる頬を引き締めて答える。

「じゃあ……お言葉に甘えます。卵や牛乳は冷蔵庫にありますし、トマトとかレタスとか基本的な野菜は野菜室にあります。食パンもストックがありますよ」

「じゅうぶんだ。楽しみに待ってて」

壮真はもう一度桃香にキスをしてベッドから下りた。

ボクサーパンツとスーツのパンツ、それにシャツを手早く身に着け、ドアの向こうのキッチンに消える。

桃香は壮真を見送ってから、ベッドの上で大きく手足を伸ばした。

「うーんん……」

体のあちこちがキシキシと軋みそうで、全身が――特に腰が――重くてだるい。

桃香はさっきまで壮真が横になっていたシーツを手で撫でた。

まだ彼の温もりが残っている。

壮真と両想いだったことが嬉しくて、大声を上げたくなった。

(いったいどうして、お互い相手に兄妹みたいに思われてるって信じ込んでいたんだろう)

ほぼ同じ頃に互いに恋に落ちたのに。

『社長と桃香ちゃんは桃香ちゃんが学生のときからず〜っと兄妹みたいな関係だったんです。世話焼きのお兄さんにかわいがられる妹、みたいな感じで』

回りからそんなふうに言われて、そうなのだと決めてかかっていた。一度も壮真に確かめることをせずに。

(でも……〝壮真さんにとって私って妹みたいな存在ですよね?〟なんて訊けなかったし……。それに、兄代わりではなく男性として好きですって言って、断られてそばにいられなくなるのが怖かったんだもん……)

そんなことを考えているうちに、心地よい疲労感に包まれてウトウトしてくる。

キッチンの方から聞こえてくるかすかな音に安心感を覚えながらまどろんでいたら、「桃香」と優しい声で名前を呼ばれて、額にキスが落とされた。

「ブランチできたよ」

桃香は目をこすってあくびを噛み殺した。

「……わあ、早いですね。ありがとうございます」

桃香はタオルケットで胸元を隠しながらベッドに起き上がった。壮真がベッドに腰かけているので、桃香はおずおずと彼を見る。

「あの……服を着るので……キッチンに行っててもらえませんか？」

１Ｋの部屋なので、居室にいられては着替えるところを見られてしまう。

桃香が頬を赤くしたのを見て、壮真はクスリと笑った。

「今さら恥ずかしがるの？　ほんの少し前まで、俺に体の隅々まで全部見せてくれてたのに」

その言葉に桃香は火が出そうなくらい顔が熱くなった。

「恥ずかしいものは恥ずかしいんですっ。それに、壮真さんは服を着てるじゃないですかっ。不公平です！」

「不公平って」

「不公平極まりないですっ！」

桃香が言いつのったので、壮真は苦笑した。

「……しょうがないな、わかったよ」

壮真は桃香の肩にチュッとキスを落として立ち上がった。

彼の姿がキッチンに消え、桃香はクローゼットを開けた。衣装ケースから下着を出して手早く身につけ、黒のカットソーとモカのロングキャミワンピースを着る。

「壮真さん、お待たせしました」

ドアを開けてキッチンをひょいと覗いた。

「じゃあ、テーブルに運ぶよ」

「私も手伝います」

「それなら、コーヒーを頼む」

「わかりました」

桃香はコーヒーサーバーからマグカップにコーヒーを注いだ。その間に壮真は料理ののったプレートをローテーブルへと運ぶ。

「壮真さんはブラックでいいですよね？」

「ああ。ありがとう」

桃香は自分用にはミルクを入れて、マグカップを二つローテーブルに運んだ。クッションを取ってフローリングに座る。

「わあ、これってホットサンドですか？　すごく凝ってますね！」

桃香はプレートの上を指差して訊いた。こんがり焼けた食パンに、ベーコンとスクランブルエッグと茹でたほうれん草の具が挟まれている。

「簡単だよ。トースターで食パンを焼いて具材を挟んだだけだから」

壮真は桃香の隣に座りながら答えた。

壮真は何気ないふうに言うが、プレートにはほかにレタスとトマトのサラダとマッシュポテトが彩りよく盛られている。

さらに、キャベツとタマネギ、ニンジンとウインナーが入った具だくさんのコンソメスープまで添えられているのだ。

「カフェのブランチみたいですよ！　彩りもきれいで、栄養もボリュームもたっぷりで！　すごいです。壮真さんは料理が得意だったんですね！」

桃香が手放しで褒めるので、壮真はバツが悪そうな表情になって頬を掻いた。

「種明かしをすると……ネットでレシピを調べたんだ。喜ばせたい子がいたからね」

「え、誰ですか、それは？」

桃香がとぼけて訊くと、壮真は桃香の顎を軽くつまんだ。

「わからない？」

壮真は顔を傾けて桃香の唇にキスをした。逆の手が桃香の後頭部に回され、壮真が桃香の唇を啄み始めた。彼の手が後頭部から背中へと滑り降り、桃香は慌てて壮真の胸を押す。

「壮真さん！　せっかく作ってくれたんですから、あったかいうちに食べましょうよ！」

「んー……」

壮真は名残惜しそうに桃香の頬にキスをした。

「桃香を片時も離したくないんだけど」

桃香は頬を染めて小声で言う。

「それは嬉しいですけど……」

「けど？」

「今はお腹が空きました。壮真さんが作ってくれたブランチを食べたいです」

桃香がチラリと上目で見たら、壮真は破顔した。

「仕方ないなぁ」

そうして桃香の髪をくしゃっと撫でた。

これまでこんなふうにされたときは、妹や家族に対する仕草なのかと思っていたが、もしかしたら愛情がこもっていたのかも……。そんなふうに考えたら、嬉しくてたまらない。

桃香は表情をほころばせてローテーブルに向き直った。

「さっそくいただきま～す」

桃香はホットサンドにかじりついた。カリカリのトーストにふわふわのスクランブルエッグ、それにベーコンの塩味がいいアクセントになっていて、食欲がそそられる。

(んー、おいしい！)

けれど、そう素直に表現するのはなんだか悔しくて、彼の誕生日に桃香の手料理を食べたときの壮真を真似る。

「ん⁉」

目を見開いて左手で顔を覆った。

「桃香⁉　どうしたんだ？　卵の殻でも混じってたか⁉」

壮真が腰を浮かせて桃香の顔を覗き込んだ。

桃香は笑い出したいのを必死にこらえて、首を左右に振る。

「おいしすぎて泣いちゃいそうです……」

「桃香ぁ……」

壮真はその場に腰を下ろして脱力した。

「ふふふ、誕生日のお返しです」

桃香が手を下ろして笑うと、壮真は大きく目を見開き、すぐにスッと細めた。

「そのあと、俺がどうしたか覚えてる？」

壮真に訊かれて、桃香は首を捻る。

「えぇっと……？」

思い出そうとしたとき、壮真が桃香の顎をつまんだ。

「こうしたんだ」

そう言って、桃香の唇に自分の唇を重ねた。

「そ……んなこと……してなかった……」

です、と言うより早く、彼の舌が桃香の唇を割って差し込まれた。歯列をなぞられ、舌を絡められ……桃香は壮真のシャツの袖をキュッと掴む。

「……ん……壮真、さん……」

熱いキスにうっとりしたら、壮真が唇を離してニヤッと笑った。

「こうやって感謝を伝えたんだ」

桃香は目を見開いた。

「そんなことしてませんでしたよっ！」

壮真は桃香の表情を見てクスクス笑う。

「まあね。でも、本心ではしたくてたまらなかった。桃香は俺がどれだけ自制してきたのか知らないだろうなぁ」

「そんなに自制してたんですか？」

桃香が半分拗ねながらチラリと見たら、壮真は照れた笑顔になった。

「それはもうね。ものすごい自制心だったよ。好きな子のそばにいて、キスしたくならない男はいない」

「そうなんですか？」

「ああ。だから、むやみにほかの男に近づかないこと」

壮真が諭すように言い、桃香は苦笑した。

（壮真さんは本当に過保護なんだなぁ）

桃香はくすぐったい気持ちになりながら、ホットサンドを口に運んだ。やっぱりおいしくて、どうしても頬が緩む。

「ほんとにおいしいです〜」

「喜んでくれて嬉しいよ。またいつでも作ってあげる」

壮真はコーヒーを飲んで言った。

桃香はおいしい料理を味わいながら、隣で食べる壮真を見る。

壮真と心が通じ合って、身も心も一つになって、おまけに彼が作ってくれたブランチを食べられるなんて。

これ以上幸せなことなんて、きっとない。

そんなふうに土曜日は桃香の部屋で、日曜日は壮真の部屋でとろけるほどに甘い週末を過ごした。日曜日の晩、桃香は壮真に送ってもらって自分の部屋に戻ったが、月曜日の朝に彼が車で迎えに来てくれて、一緒に出勤した。地下駐車場で壮真のＳＵＶから降りたものの、一緒に出社するのはどうにも気恥ずかしい。

（一緒に地下からエレベーターに乗ってるのを誰かに見られたら……一緒に出勤してきたって気づかれるよね……）

「どうぞ」

壮真がビルに入るドアを開けてくれたので、桃香は「ありがとうございます」と礼を言って中に入った。エレベーターを待つ間、壮真が桃香の手を握った。周囲には誰もいないが、同じ会社の人に見られたら恥ずかしい。

「壮真さん、会社では恥ずかしいので、これはちょっと……」

桃香は頬を赤くしながら握られた手を持ち上げた。壮真はチラリと桃香を見る。

「桃香は俺のものだってみんなに知らせたいんだけど」

「で、でも、つい最近まで妹扱いだったのに、急に……なんて、やっぱり恥ずかしいです……」

桃香はさらに顔を赤くして小声で言った。

「ダメ？」

壮真は桃香の手を持ち上げて手の甲にキスをした。チラリと上目で視線を投げられ、桃香は心臓がドキンと跳ねる。

「ダ、ダメじゃないですけど、でも、いつ会社の人に見られるかわかりませんからっ」

桃香が耳まで赤くして必死で言うので、壮真は仕方ないな、と言いたげな表情になって手を離した。

「桃香の嫌がることはできないからな」

「ごめんなさい」

「気にしなくていい。桃香が俺のものだってことをみんなにわからせる方法をほかに考えるよ」

壮真が言ったとき、エレベーターが到着した。乗り込んだエレベーターは一階で止まり、ドアが開く。同じビルに入っているほかの企業の社員数名とともに、営業部の中谷陸斗(なかたにりくと)が乗り込んできた。

陸斗は桃香と同じ二十五歳だが、一ヵ月前に入社したばかりの中途採用社員だ。清潔感のある短めの髪に、人好きのする笑顔が好印象で、物怖(ものお)じせず、誰にでも気さくに話しかけてくる。同い年なのもあってか、彼は桃香のことを気の置けない同僚のように思っている節がある。

陸斗は桃香と壮真が二人きりでエレベーターに乗っていたことに気づいて一瞬目を見開いたが、すぐににこやかな表情になって二人の前に立った。

「おはようございます、社長、高井戸さん」

彼は壮真から桃香へと視線を動かした。

「おはよう、中谷くん」

壮真に続いて桃香も「おはようございます」と挨拶をした。けれど、陸斗がニヤニヤしながら見つめてくるので、勝手に頬が熱くなり、つい目線を逸らしてしまう。

「そうだ、高井戸さん。先々週にさ、今度みんなで飲みに行こうって話してたでしょ？　あれね、今週の金曜日はどう？」

陸斗に問われて、桃香は彼を見た。

「え、金曜日、ですか？」

「うん。歳の近い人たちに何人か声をかけて、今週の金曜で話がまとまりかけてるんだ。高井戸さんも来てよ。いいですよね、社長？」

陸斗は唐突に壮真を見た。

(えっ、どうして壮真さんに訊くの？　やっぱり……私たちが付き合ってるって気づいたの……かな？)

驚く桃香に、陸斗は意味ありげな表情を向けた。

「別に〝お兄さん〟の許可はいらないかな？」

桃香は慌てながら答える。

「えっ、あ、はい。いらない、と思います……」

桃香がチラリと壮真を見たら、彼は不機嫌そうな表情になっていた。

「壮真さん、私、金曜日、中谷くんたちと飲みに行ってきますね？」

壮真は低い声で陸斗に問う。

「中谷くん以外に誰が参加するんだ？」

「営業部の相川（あいかわ）くんと三木（みき）さんと……」

陸斗が男性社員の名前を挙げ、壮真の眉間にしわが寄った。

「高井戸さんのほかに女性社員が二人来ますよ」

そう言う陸斗の言葉を聞いて、壮真の表情が少し和らいだ。

そのときエレベーターが十階に到着し、壮真が先に降りた。桃香、陸斗と続き、陸斗は桃香に低い声で耳打ちする。

「社長ってほんとに過保護だね」

桃香が視線を向けたら、陸斗はまたもやニヤニヤ笑って続ける。

「でも、付き合ってるなら付き合ってるって早く言ってくれなくちゃ。俺、高井戸さんのこと、結構気に入ってたんだから」

陸斗は本気とも冗談ともつかない表情で言って「あはは」と笑った。桃香は声を潜めて言う。

「あの、みんなには内緒にしといてもらえますか？」

「どうして？」

陸斗は不思議そうな顔をした。

「その……なんというか……恥ずかしい、というか……」

「ふぅん。まあ、高井戸さんがそう言うなら、俺は誰にも言わないけど」

陸斗が言ったとき、社員用ドアを押さえたまま壮真が振り返った。

「入らないのか？」

その表情は相変わらず不機嫌そうだ。

「あ、入ります」

桃香は急いでドアに向かった。


いきなり陸斗に気づかれるという出来事はあったものの、普段通りに月曜日の就業時間が始まった。休日明けのルーティン通り、取引先からのメールをチェックしていたら、壮真の声に名前を呼ばれた。

「桃香ちゃん」

パソコンから顔を上げて、近づいてくる壮真を見る。片想いだったときは、こんなふうに用事を頼まれる瞬間が好きだった。彼が桃香だけを見つめてくれるからだ。

けれど、想いが通じた今でも、それは同じだ。週末、あんなにたっぷり一緒の時間を過ごしたのに、壮真の姿が見えるとやっぱり嬉しくて胸がドキドキする。

目が合って壮真が甘く微笑み、桃香は頬が火照るの感じた。

「さっき社内メールを送ったんだけど、今見てくれる？」

壮真が桃香のデスクの右側に両手を置いて桃香を見た。

「あ、はい」

桃香は顔を伏せながらマウスを動かした。社内メールの受信通知をクリックして、壮真からのメールを開く。

「この添付ファイルの翻訳をお願いしたいんだけど、いつまでにできそうかな？」

壮真はパソコンのモニタを指差してから、マウスを握っていた桃香の手にそっと手を重ねた。そうして桃香の手ごとマウスを動かしつつ、桃香の指に自分の指を絡める。指の間を軽く撫でられ、桃香はビクッと肩を震わせた。

「どう？」

壮真が耳の近くで声を出すので、桃香は顔を赤くしながら小声で答える。

「お、お昼まで、には、できると思います」

「よかった。それじゃ、よろしく」

壮真は桃香の手を一度軽く握り、名残惜しいのか肩を軽く撫でて離れた。壮真が社長ブースに戻ってから、斜め前の席の清菜が言う。

「桃香ちゃん、嫌なら嫌って言っていいのよ？」

「なにがですか？」

桃香は怪訝な顔で清菜を見た。

「あんなのセクハラじゃない」

清菜が突き刺すような鋭い目つきをしていて、桃香は驚いた。

「えっ」

「むやみに触らないでって私が言ってあげようか？」

「あ、あの、大丈夫です」

「ほんとに？　ちゃんと自分で言える？」

清菜に強い口調で言われて、桃香は戸惑いながらも頷く。

「はい、大丈夫です」

「そう？　それならいいけど」

清菜は自分のパソコンに視線を戻した。壮真の親しげな仕草を清菜はセクハラだと捉えたようだ。

けれど、今まで桃香が壮真に頭を撫でられたり、頬をつねられたりしても、『仲のよろしい兄妹ですこと』なんてからかわれる程度だったのに。

(手を重ねるのはやり過ぎだったのかな。会社ではあまりスキンシップはしないでって壮真さんにお願いしなくちゃ)

そんなことを思いながら、桃香は壮真に頼まれた仕事に取りかかった。

第六章　過去の疑惑

清菜にセクハラだと言われてから、変な噂が立たないように、桃香は自分からは絶対に壮真に近づかないようにした。

壮真も桃香のお願いを聞いて、しぶしぶではあるが、用事があるときは社内メールで伝えるようにしてくれた。

そんなふうに過ごすようになったため、壮真とは出社したときと退社するときに挨拶を交わすだけになってしまった。

ランチタイムも壮真はほかの男性社員と食べに出たり、取引先への移動時間に充てたりするため、一緒になることはない。

おまけに別々に帰宅するので、結局壮真と一度も夜を過ごすことなく、寂しい気持ちのまま金曜日の朝を迎えた。

陸斗たちと飲みに行く約束をした日だ。

（おいしいカジュアルイタリアンのお店だって言ってたから、たくさん食べられるようにワンピースにしようかなぁ）

そんなことを考えながらローテーブルで朝食を食べていたら、スマホに壮真から着信があった。久しぶりの連絡が嬉しくて、桃香は弾んだ声で応答する。

「おはようございます！　壮真さん、どうしたんですか？」

『おはよう。車で迎えに行くから一緒に出勤しよう』

「えっ、壮真さんが遠回りになるからいいですよ」

桃香は断ろうとしたが、壮真は少しじれったそうな口調で言う。

『俺が桃香に会いたいんだ』

「えっ」

『会って桃香にキスしたい。桃香を抱きたい』

壮真の言葉に桃香は顔が熱くなるのを感じた。

「そ……んな時間、ないです」

『わかってる。ただ、桃香を抱きしめたいんだ』

切なさの滲んだ声に、桃香の胸がトクンと音を立てた。

「ギュッてするくらいなら……時間はあると思いますけど」

『うん。桃香に飢えてるんだ。今から向かうから、二十分ほどで着く』

「わかりました。気をつけて来てください」

『ああ』

電話が切れて、桃香は残りのトーストを口に入れた。大急ぎで着替えてメイクを済ませたとき、インターホンが鳴った。モニタを見たら壮真が映っている。

「どうぞ」

桃香はオートロックの解除ボタンを押した。ほどなくして壮真が部屋の前に到着する。

「おはようございます」

桃香がドアを開けると、チャコールグレーのスーツ姿の壮真が立っていた。白いシャツに、二週間前に桃香が贈ったボルドーのネクタイを締めている。

「おはよう」

「そのネクタイ、初めて着けてくれましたね！　嬉しいです！」

「似合ってるかな？」

「はい、とってもかっこいいです」

桃香はそっと壮真のネクタイに触れた。壮真は桃香のその手を握って指先に口づける。

「桃香、会いたかった」

壮真は桃香を抱きしめて唇を重ねた。

「私もです」

壮真は桃香の額に自分の額をコツンと当てる。

「桃香の今日のランジェリーは、俺のネクタイとお揃いの色の？」

「えっ、あれは普段着ません」

「まあ、そうだよな」

壮真は言って、今度は襲いかかるようなキスをした。

「んっ」

軽くハグしてキスしたら会社に行くものだと思っていたのに、予想外に激しいキスをされ、桃香は反射的に背を反らした。

その腰をぐっと引き寄せて、壮真は桃香の口内に舌を差し入れる。

けれど、濃密なキスに戸惑ったのは最初だけで、桃香自身もずっと壮真に触れられず、彼に飢えていた。

壮真の首に両腕を回し、存分に彼の唇を味わう。彼の舌に自分の舌を絡め、いつも彼にされるように甘噛みした。

「……う」

壮真がビクリと体を震わせた。

かと思うと、桃香のワンピースの裾を捲り上げて、お尻を撫でる。硬いモノを太ももに押しつけられ、ショーツの上からお尻の割れ目を撫でられて、桃香は慌てて腕を解いた。

「ダ、ダメです」

「どうして？　桃香だって俺が欲しいだろ？」

壮真は桃香の耳元で囁き、耳たぶを口に含んだ。

耳孔にくちゅりと舌が差し入れられ、桃香は腰が砕けそうになる。

「そ……だけど、会社に行かなくちゃ……」

桃香はどうにか理性を総動員して口を動かした。

壮真は桃香を抱きしめて大きなため息をつく。

「どうして一緒に帰れないんだ？」

「だって、セクハラとか言われたら、壮真さんの信用に関わるじゃないですか。だから、会社では距離を置いた方がいいと思うんです……」

「じゃあ、今日は駐車場で待ち合わせしよう。一緒にオフィスを出なければいいだろう？」

「でも、今日は中谷くんたちと飲みに行く約束なんです」

「くそっ。こんなの拷問だ」

桃香を抱きしめる壮真の腕に力がこもり、桃香は喘ぐように言う。

「そ、まさん……ちょっと苦しいです」

「あっ、ごめん」

壮真は力を緩めて、桃香の肩に顔をうずめた。

「でも、これ以上桃香に触れずにはいられないんだ」

「明日なら一緒に過ごせます。私が壮真さんの部屋に行きますね」

壮真は大きく息を吐き出して、桃香の目を覗き込んだ。

「約束だぞ？」

「はい。約束です」

桃香は背伸びをして壮真の唇にキスをした。壮真は名残惜しそうに桃香にキスを返す。

「そのときはボルドーのランジェリーを着けてきてほしいな」

壮真に上目遣いで甘えるように言われて、桃香は頬を染めながら頷く。

「わかりました」

壮真はもう一度大きく息を吐き、気持ちを切り替えるように一度目を閉じた。

「よし。じゃあ、明日桃香と一緒に過ごせることを楽しみに、今日一日自制しよう。とんでもない精神力が必要だけど」

壮真は言って桃香の額に口づけた。

「メイクを直してくるので、ちょっと待ってくださいね」

桃香は壮真の腕に軽く触れて、洗面所に向かった。


そうして金曜日の業務が始まり、大きな問題もなく一日が終わった。陸斗が声をかけたメンバーは、桃香と陸斗を含めて七人だ。

「今日は俺たち全員六時で退社させていただきますっ」

六時過ぎに七人全員揃ったところで陸斗が宣言したら、清菜がじとっとした視線を陸斗に向けた。

「若手社員ばかりが集まって、上司や先輩社員の悪口で盛り上がらないでよ」

「藤原さん、お小言よりも、社長みたいに軍資金をください」

陸斗が生真面目な顔をして、冗談とも本気ともつかないことを言った。その物怖じしない言葉に清菜は苦笑する。

「軍資金は出せないけど、楽しんでらっしゃい。私や社長はまだ仕事だけど」

清菜はひらひらと手を振った。桃香はチラリと社長ブースを見る。すると、壮真がチェアに座ったまま顔を覗かせていた。

「お先に失礼します」

桃香は全員に向けて言いつつも、視線は壮真に向けた。目が合って彼が微笑む。

「お疲れさま。楽しんでおいで」

桃香は小さく会釈をした。

「じゃあ、行きましょう」

陸斗が歩き出し、残りの六人がぞろぞろとオフィスを出る。

「飲み放題とコース料理で予約してたんだけど、軍資金をもらったから、料理を追加してもよさそうだね」

「二次会で使うって手もありますよ」

そんなことを話しながら、幹事の陸斗の案内で、桃香たちは駅前の繁華街から少し外れたところにあるイタリアンレストランに向かった。

レストランは飲食店が入るビルの九階にあり、白い壁とライトブラウンの柱が明るくカジュアルな雰囲気の店だ。

ドアから中に入ると、白いシャツに黒のスラックスという格好の、二十歳くらいの男性店員が迎えてくれる。

「いらっしゃいませ」

「予約してた中谷です」

陸斗が名乗り、店員は七人を壁際の広い席に案内した。

最後に店に入った桃香は、空いていた陸斗の左隣に座る。

「ドリンクは飲み放題メニューから好きなものを頼んでください」

陸斗がみんなに声をかけ、それぞれ好きなドリンクを店員に注文した。ほどなくして全員のドリンクが運ばれてくる。

「お待たせしました～」

店員がグラスを配り、桃香は頼んでいたカンパリソーダを受け取った。

「それじゃ、このメンバーでは初の飲み会になります。一週間お疲れさまということで、まずは乾杯！」

陸斗の音頭で、全員がグラスをカチンと合わせた。

口々に「乾杯～」とか「お疲れさま～」とか言いながら、ドリンクに口をつける。

すぐに飲み会用のコース料理がいくつか運ばれてきて、みんなでわいわいと話しながら食べ始めた。

「それにしても、社長抜きで高井戸さんが飲み会に参加するなんて珍しいね」

営業部の一歳年上の男性社員、三木が前の席からビールを片手に桃香に声をかけた。

「あー……言われてみればそうかもしれませんね」

三木の言う通り、桃香が参加する飲み会には必ず壮真が来ていた。そして毎回タクシーで桃香を送ってくれたのだ。

「ほんと、社長って高井戸さんには過保護だよね。あれだけ構ってるのに、〝妹〟って言うんだもんな。付き合ってないなんて不思議だよ」

三木に言われて、桃香は肯定も否定もできずに曖昧な表情になった。

そこへ陸斗が言葉を挟んでくる。

「高井戸さんって妹キャラって感じなんでしょうね。藤原さんもさんざん妹扱いしてますし」

「ああ、藤原さんな。前はそうでもなかったのに、最近あの人、なにが気に入らないのか、当たりがきついときがあるよな。仕事はできるんだろうけど、そういうところ、俺ちょっと苦手」

「でも、美人ですよね」

陸斗は桃香と壮真のことから話題を逸らそうとしてくれているのか、清菜の話を続けた。

三木はビールを一口飲んで言う。

「そうだな。藤原さんと同じ大学出身の先輩に、ミスキャンパスでファイナリストに残ったって話を聞いたことがある」

「あ、それ、俺も聞いたことあります」

シーフードピザを食べていた相川が話に加わり、清菜の話題で盛り上がり始めた。

桃香は小声で陸斗に礼を言う。

「ありがとうございます」

「高井戸さん、注目されるのは苦手みたいだもんね」

陸斗は小声で応じて赤ワインのグラスに口をつけた。

「はい。助かりました」

桃香は自分が話題の中心から外れたことにホッとして、スモークサーモンのサラダを取り皿に取った。隣で陸斗はマルゲリータに手を伸ばし、一口食べて桃香を見る。

「それはそうと、いつから？」

「いつからって、なにがですか？」

桃香は首を傾げて陸斗を見た。

「いつから付き合ってるの？」

「あ……」

桃香は頬を染めて口の中でもごもごと答える。

「実は最近なんです」

「え？」

「付き合って一週間……です」

陸斗は目を見開き、今にも驚きの声を上げそうな口を左手で押さえた。そうして瞬きをして桃香を見る。

「……マジで？」

桃香はさらに顔を赤くして頷いた。

「はい。知り合ったのは五年以上前なんですけど」

「へえーっ、長いな。もしかして五年以上前からあんな感じだったの？」

陸斗に訊かれて、桃香は初めて会ったときのことを思い出しながら答える。

「そうですねぇ……。いつも壮真さんが気遣ってくれる感じです」

「じゃあ、結局のところ、付き合いは長いんだ？」

「はい」

桃香はサラダを口に入れた。シャキシャキのレタスとスモークサーモンを味わっていたら、陸斗が独り言のようにぶつぶつと言う。

「そりゃ、そんなに長い間禁欲できないもんな」

どういう意味だろうと思いながら、桃香は陸斗に視線を向けた。

陸斗はピザを頬張(ほおば)っていたが、赤ワインで流し込んで桃香を見る。

「だって、五年もしないなんてありえないし」

「え？」

「同じ男だからわかるんだよ。だけど、やることやってるのに付き合ってないとか、そこは意味がわからない。社長、人として誠実じゃないと思う」

「それは……えっと」

桃香は陸斗が肉体関係の話をしているのだと気づいて困惑した。

桃香は壮真と知り合って五年以上になると言ったつもりだったのだが、どうやら陸斗は桃香と壮真が五年以上前から体の関係を持っているのだと誤解したようだ。

確かに壮真の誕生日に、気持ちが通じ合ってないまま途中までシたが、あれは桃香が彼を襲おうとしたのだ。それなのに、壮真が『誠実じゃない』なんて思われては困る。

桃香はフォークを置いて陸斗を見た。

「中谷くん、そんなことないです。私たち、付き合い始めたのも……そういう関係になったのも……最近ですから」

「え？」

陸斗は驚いた表情で桃香を見た。

「それまで壮真さんは、成人式のときに車で迎えに来てくれたり、引っ越しを手伝ってくれたり……本当のお兄さんみたいに私の面倒を見てくれてたんです。だから、壮真さんのことを誠実じゃないなんて思わないでください」

陸斗はテーブルに肘を突いて手で口元を押さえながらぶつぶつと言う。

「……じゃあ、ほかで発散してたってことか」

「ほかで発散って……？」

「いや、なんでもない。独り言！」

陸斗は慌てたように赤ワインをゴクゴクと飲んだ。そんな彼の様子を見ながら、桃香は考え込む。

ほかで発散……つまり桃香以外の誰かを相手に性欲を満たしていたという意味だろうか。

大学二回生から壮真一筋だった桃香には、男性のそういう事情はよくわからない。知っていることといえば、ロマンス小説で読んだことくらいだ。

(そういえば、小説ではウブなヒロインが婚約者に浮気された挙げ句、『おまえが今まで二年間、ずっとお預けを食らわせてきたから悪いんだ』って言われたストーリーがあった……)

その最低な婚約者の言い分では、男性は定期的に性欲を発散させる必要があるのに、結婚するまでシないなんて言うヒロインの古くさい考え方に愛想が尽きた、ということだった。

小説の婚約者は二年間だが我慢できずに浮気して、ヒロイン以外の女性を相手に性欲を解消させていた。

(壮真さんは私を五年間好きでいてくれたって……)

小説の浮気者婚約者よりも倍以上長い期間だ。陸斗は『そんなに長い間禁欲できない』と言っていた……。

そのとき突然、壮真の誕生日前日にオフィスで見た光景が脳裏に蘇った。

『そろそろ桃香ちゃんのお守りはやめて、今年の誕生日は私と一緒に過ごしましょうよ。大人同士のステキな夜にしてあげますから』

そう言って、清菜は壮真の上にかがみ込んでいた。

(あのとき、二人はキスしてた……!)

桃香は全身から血の気が引くのを感じた。エアコンが効いて快適だったはずの室内が、急に寒くなった気がする。

桃香の体が小刻みに震えているのに気づいて、陸斗が桃香を見た。

「大丈夫？　寒い？」

「あ、そ、そうですね」

「店員さんにエアコンの設定温度を上げてって頼んであげようか？」

陸斗が心配そうに言うので、桃香は首を横に振った。

「大丈夫です。一枚羽織りますので」

桃香はバッグからカーディガンを出して羽織った。そのとき、向かい側の席から相川の声が聞こえてくる。

「社長と藤原さんがデキてるって本当ですか？」

早くも酔っているのか、声が大きい。そんな相川に三木が答える。

「お互い否定してるけどな。でも、あの二人はシャイニングブライトリー設立当初から一緒に働いてるし、よく一緒に残ってたりするからなぁ。今日だって、藤原さん、『私や社長はまだ仕事だけど』な～んて、思わせぶりなこと言ってたし。二人きりになったオフィスでなにをしてても、誰にもわからないよな」

三木がニヤけた顔になり、相川も同じような表情をする。

「うわー、俺、これから二人を見たらエロい想像しちゃいそうです」

「高井戸さんならわかるかな？」

急に三木に話を振られて、桃香は「えっ」と声を出した。

「社長と藤原さんの妹的ポジションの高井戸さんなら、二人の関係も知ってるんじゃないの？」

三木に問われて、桃香は顔が青ざめるのが自分でわかった。

「ちょっと三木さん！」

陸斗が割って入り、三木は怪訝そうな表情になった。桃香はこれ以上聞いていられなくて、バッグを持って立ち上がった。

「すみません、あの、私、ちょっとお手洗いに……」

陸斗の右側に座っていた女性社員が心配顔で桃香に声をかける。

「高井戸さん、顔色悪いけど大丈夫？　一緒に行こうか？」

「いえ、大丈夫です」

桃香は小声で答えて、レストランの出入り口に向かった。

レストランを出たものの、ビル内は廊下も空調が効いていて肌寒く、カーディガンの腕を手のひらでこすった。寒くない場所はないかと辺りを見回したら、エレベーターホールの横に夜景を眺められるような小さな展望スペースがある。

外の熱気が伝わるガラス窓は少し温かくて、桃香はガラス窓に体をもたせかけた。眼下には大通りがあって、向かい側の高層ホテルや商業ビルの明かりが見える。

「ふぅ……」

一息ついたとき、靴音が近づいてきて、陸斗の声がした。

「高井戸さん、大丈夫？」

「あ、はい、心配かけてすみません」

陸斗は桃香の隣に立って、窓の外に視線を向けた。

「社長と藤原さんの間になにかあったんだとしても、高井戸さんと付き合う前のことなんだから、気にしない方がいいよ。それに、藤原さんが言ってた、『私や社長はまだ仕事だけど』って言葉は、どうせいつもの嫌みだろうし。だいたい、カノジョに過去の恋愛で落ち込まれたり責められたりしたら、俺だって困るよ」

「そう……ですよね」

陸斗の言うことも、もっともだと思った。

ずっと壮真のことが好きだったが、彼に妹のような存在としか思われていないと考えていたから、一線を引いて彼を慕う妹のように振る舞ってきた。

たとえ壮真が五年間桃香を想ってくれていたのだとしても、どこかで誰かを――オフィスで清菜を――相手に欲求を解消していたとしても、桃香が壮真を責めることなど……。

（でも、待って。やっぱりオフィスでなんて嫌だ）

桃香はガラス窓にコツンと頭をもたせかけた。

「まあ、今はみんなお酒が入って、テキトーに盛り上がる話をしてるだけだから、深く考えない方がいいよ。ちょっと品はないけどね」

陸斗に励ますように言われて、桃香は顔を上げて笑みを作った。

「中谷さん、気を遣わせてしまってすみません」

「ぜんぜんいいよ。せっかくの飲み会なんだから、楽しまないとね。もう戻れる？」

「うーん、もう少ししてからにします」

「わかった。じゃあ、俺は先に戻ってるよ」

陸斗は軽く頷き、先にレストランに戻っていった。

陸斗の言う通り、せっかくなんだから桃香もおいしい料理とお酒を楽しみたい。

壮真の声を聞いたら元気になるだろうと思って、桃香はバッグからスマホを取り出した。すると、着信があったことを示すライトが点滅している。

壮真からかと期待したが、画面には〝健都さん〟と表示されていた。着信の時間は七時ちょうどだった。

(私、まだ健都さんに返事をしてなかった！　しかも、今日は英会話カフェの日だった……)

英会話カフェには参加申し込みをしていないので、出席扱いにはなっていないはずだ。けれど、健都に『よかったら俺と付き合わない？』と言われたうえに、先週頬にキスされて『次会うときは唇にするから、覚悟して』と言われていたのだ。

彼とは付き合えないことをきちんと伝えなければ。

桃香は発信ボタンにタップした。七回目の呼び出し音のあと、電話がつながる。

『……もしもし？』

探るような女性の声が応答して、桃香は眉を寄せた。

「えっと……こちら、長原健都さんのお電話番号ではなかったでしょうか？」

桃香の問いかけに、女性の声が答える。

『そうですけど、どちらさまですか？』

「英会話カフェで何度かお会いした高井戸桃香と言います。あの、今、健都さんはお電話に出られないのでしょうか？」

スマホの向こうでクスッと笑う声がした。

『はい、今は出られません。シャワーを浴びてますから』

「じゃあ、かけ直した方がいいですよね」

桃香が言ったとき、スマホの向こうで男性の声がした。それに対して女性がなにか答えたあと、スマホから健都の声が聞こえてくる。

『桃香さん？』

「あ、はい、そうです。この前のお返事がしたかったんですけど、今、ご都合悪いですよね？」

『あー、いや、大丈夫』

それなら、と桃香は断りの言葉を述べようとしたが、それより早く彼が早口で言う。

『この前の話はなかったことにしてほしい』

「え？」

『実は今日、英会話カフェである女性とものすごく意気投合したんだよ。彼女はアメリカに一年留学した経験があって、発音もすごくきれいなんだ。彼女となら間違いなく有意義な関係になれると思ったし、彼女もすぐに同じ気持ちになってくれてね。だから、付き合うことにしたんだ』

まったく予想していなかったことを言われて、桃香はなんと答えればいいのかわからなくなった。

「それは……ええと」

『驚いたかもしれないけど、桃香さんはずっと俺に連絡してくれなかったでしょ。それに、俺、一応確認しようと思って七時に電話したんだけど、桃香さん、出てくれなかったし。だから、俺と付き合う気はないんだって判断したんだ。期待させてたら申し訳なかったけど、まあ、そういうわけだから、桃香さんとはもう付き合えないんだよ。英会話カフェで会ったときは、今まで通り普通に話してくれると嬉しいよ。それじゃ』

一方的に話したあと、健都は電話を切った。桃香は手の中のスマホをぽかんと見つめる。

(健都さんの電話に女性が出て……シャワーを浴びてたってことは……)

英会話カフェのすぐあとに、どこか二人きりになれる場所に行ったということだろう。

桃香が断るより早く、健都に断られてしまった。

別に好きになったわけではなかったが、一方的に振られたみたいな気分になる。けれど、待たせたことは申し訳なかったが、健都が新しい恋――桃香に対する気持ちが恋だったのかどうか、今となっては疑問だが――を見つけてくれたのだから、結果的にはよかったのかもしれない。

桃香を想いながらもほかの女性と体を重ねていた壮真。

付き合おうと言って頬にキスしておきながら、あっさり心変わりをしてほかの女性と寝る健都。

なんだか一度にいろんなことが起こって、気持ちが追いつかない。

（あー、もう、なんだかモヤモヤする！　こうなったらとことん飲んでやる！）

桃香はスマホをバッグに入れると、足早にイタリアンレストランに戻った。

第七章　すべての真実

翌朝、桃香はベッドの中で重いため息をついた。昨夜の飲み会で飲み過ぎてしまい、二日酔いで目覚めるという最悪な朝の迎え方をしたからだ。

「あー……頭痛い……気持ち悪いぃ……」

壮真に会いに行くと約束したので、いつ行くか連絡しなければいけない。そう思うのに、起き上がる気力がなく、ベッドの上で胎児のように体を丸めた。

気を抜くとすぐに気持ちが沈んでしまう。

(壮真さんが藤原さんと……)

桃香がまだ大学に通っている間に、二人は産声を上げたばかりのシャイニングブライトリーで働いていた。三木や相川が言うように、二人きりになったオフィスでなにをしていても、誰にもわからない。

(大変なことやつらいことがあったときに、そばにいたのは私じゃなくて、藤原さんだったんだよね……)

できることなら、桃香がそばにいて壮真を支えたかった。でも、ただの大学生だった桃香が隣にいても、他社で経理の経験を積んだ清菜に敵うはずなどなかっただろう。

（壮真さん、私の前で元気がないことなんてなかったもんなぁ……）

そんなことを思うと切なくてたまらなくなった。

昨日以上に落ち込んで、壮真に会っても、自然に笑えない気がする。陸斗に『カノジョに過去の恋愛で落ち込まれたり責められたりしたら、俺だって困る』と言われたのに、こんなふうにいつまでもうじうじしていたら、自分がますます壮真にふさわしくないように思えてきた。

「あー……ダメだぁ……」

桃香は手を伸ばして、ベッドの下に置きっぱなしにしていたバッグからスマホを取り出した。メッセージアプリを立ち上げて、壮真宛てに文章を打ち込む。

【おはようございます。今日は二日酔いでつらいので、約束をキャンセルさせてください。本当にごめんなさい】

少しして既読になり、壮真から返信が届く。

【大丈夫？　看病に行こうか？】

【大丈夫です。一人でゆっくり休みます】

【助けが必要になったらいつでも言って。すぐに行くから】

【ありがとうございます。お気遣いなく。壮真さんも週末をゆっくりお過ごしください】

そのメッセージが既読になったのを確認して、桃香はスマホをバッグに戻した。

頭が痛くて考えることに疲れてしまい、再び目を閉じた。

翌日曜日の朝にはすっかり体調が戻って、桃香はブランチを食べたあと、部屋の片づけを始めた。といっても、あまり物は置いていないので、掃除機をかけて本棚の本を入れ替えるくらいだ。本は紙で読みたい派なので、どんどん増えてしまう。その本のうち、特に気に入っているものをベッドのヘッドボードに並べているのだ。そのラインナップを変更し終えたとき、スマホが軽やかな電子音を鳴らして、メッセージの受信を知らせた。

ローテーブルの上のスマホを見たら、壮真からメッセージが届いている。

【おはよう。体調はよくなった？】

心配してメッセージをくれたことが嬉しくて、桃香は頬を緩めながら返信を打つ。

【おはようございます。昨日はすみませんでした。すっかりよくなりました】

送信するとすぐに既読になり、返事がある。

【よかった！　もしまだつらいなら、お粥かなにか作りに行こうと思っていたんだ】

【もう大丈夫です。心配してくれてありがとうございました】

【もしよかったら、今から会えないかな？】

そのメッセージを見て、桃香は指が止まった。壮真に会いたいと思う反面、どうしても清菜のことが気になってしまう。

【すみません、今、部屋の片づけをしてるので……今日は難しいです】

迷った挙げ句、そう返信した。少しして、壮真から返事がある。

【わかった。疲れが出ないようにほどほどにね】

【はい。ありがとうございます】

桃香はぺこりとお辞儀をしている猫のスタンプを送信して、スマホをローテーブルに置いた。

こんなふうに壮真を避けてしまう自分が嫌だ。けれど、壮真に会って、過去の彼の関係に嫉妬している醜い自分を見られるのは、もっと嫌だった。


結局、壮真に会わないまま月曜日を迎えた。

表情が明るく見えるよう、ベビーピンクのハイネックブラウスに黒と白のギンガムチェックのスカートを選んだ。

出社して社員用出入り口から入ったら、目の前に壮真が立っていた。

細身の黒のスーツに白いシャツを着て、レジメンタル柄と呼ばれる斜めストライプのネイビー系のネクタイを合わせている。二年前の誕生日に桃香が贈ったものだ。

「わ、びっくりした。あの、おはようございます」

桃香は驚いて跳ねた胸に手を当てた。

「本当に大丈夫だったのか？」

壮真は桃香の両肩を掴んで顔を覗き込んだ。彼は心配と不安が入り混じったような表情をしている。

桃香は罪悪感を覚えて視線を逸らした。

「すみません。ちょっと飲み過ぎてしまったみたいで……」

「本当に飲み過ぎただけなのか？」

壮真が桃香の視線の先に回り込み、彼女の目を覗き込んだ。さすがに今度は目を逸らせないが、どうしても瞳が揺れてしまう。

「はい、本当に飲み過ぎただけです」

「やっぱり金曜日になにかあったんだな？」

やっぱり、と言われて、桃香は内心焦った。けれど、できるだけ平静を装い、落ち着いた口調で答える。

「いいえ」

「本当に？」

「はい」

「桃香が飲み過ぎるなんて、なにかあったんだと心配になったんだけど」

「楽しくて飲み過ぎちゃっただけです。これからは気をつけます。ですから、社長……」

桃香は視線で、彼に掴まれている肩を示した。

「ああ、すまない」

壮真は桃香の肩から手を離したが、視線は桃香の顔から外さなかった。

桃香の心の中を読み取ろうとするかのようにまっすぐに見つめられ、桃香は耐えられなくなって頭を下げる。

「心配をおかけしてすみません」

桃香が顔を上げたとき、壮真は視線を和らげていた。

「今度は俺とも飲みに行こう。ちゃんと介抱してあげるから、飲み過ぎても大丈夫だよ」

壮真は小声で言った。

桃香が否定するからそれ以上は訊かないが、飲み過ぎたくなることがあったのを心配してくれているのが伝わってくる。

その気遣いに、桃香は胸がじーんとした。

過去がどうであれ、今は間違いなく桃香のことを考えてくれているのだ。せめてこれ以上彼に心配をかけないようにしなければ。

「ありがとうございます。それじゃ、今日もがんばって仕事しますね」

桃香は笑顔を作って言うと、会釈をして自分のデスクに向かった。チェアに座ってパソコンの電源を入れたとき、清菜が出勤してきた。

「おはよう、桃香ちゃん」

「おはようございます」

桃香は座ったまま軽く頭を下げた。すぐに奈央子も出社してきて桃香の向かい側の席に着いた。そして、それぞれ仕事に取りかかる。

桃香はまず、今朝までに届いたメールのチェックを始めた。必要なメールに返信しようとしたとき、奈央子に声をかけられた。

「高井戸さん、すみません」

「はい」

桃香は顔を上げて奈央子を見た。

「今、代表メールに届いていたメールを振り分ける作業をしてるんですが、一つ判断が難しい英文メールがあるので、高井戸さんに確認してほしいんです」

「わかりました。転送していただけますか？」

「はい。今から送りますね」

奈央子が言って視線をパソコンに落とした。すぐに桃香のパソコンに奈央子からの社内メールが届く。

「確認して、担当者に転送しておきますね」

桃香はメールを開いて奈央子に言った。

「助かります。たぶん社長に転送したらいいのかなと思ったんですけど、自信がなくて」

桃香が転送されてきたメールの内容を確認すると、それはアメリカの企業からのメールで、自社アプリとシャイニングブライトリーのアプリの一つを連携させたいという申し出だった。

壮真の判断が必要なことなので、桃香は壮真にメールを転送した。

桃香がチラッと視線を向けたら、奈央子が気づいて顔を上げた。

「東さん、社長に転送しておきました」

「ありがとうございます。助かりました。最近は英語での問い合わせが増えてきたので、英語の勉強をし直そうかなと思うようになりました」

奈央子は小さく微笑んだ。そこへ清菜が会話に入ってくる。

「どんな内容だったの？」

「アプリの連携に関する問い合わせでした」

桃香が答えると、清菜はチェアから立ち上がった。

「だったら、コストの話も必要よね。ちょっと社長と話してくるわ」

清菜は社長ブースにスタスタと歩いて行き、パーティションをノックしてブースの中に消えた。

桃香の席からは壮真の姿も清菜の姿も見えない。

そのとき唐突に、壮真の誕生日前日の光景が蘇り、桃香は表情を曇らせた。

これからも壮真と清菜が二人きりになるたびに、あのキスシーンを思い出すのだろうか。

桃香は胸が苦しくなって、ブラウスの胸元を押さえた。

ドクドクと打つ鼓動が落ち着かず、ため息をつく。

(ダメだなぁ。集中できない)

そのとき、清菜が社長ブースから出てくるのが見えた。

桃香と目が合い、清菜は得意げな笑みを浮かべてデスクに着く。

「やっぱり私が行って正解だったわよ」

「……そうですか」

桃香はメールを転送しただけ。だけど、清菜は具体的な業務の相談もできる。

桃香が暗い表情になったのに気づいて、清菜はクスリと笑った。

「なぁに？　桃香ちゃんは兄離れしたんでしょ？　それに、桃香ちゃんが行ったって役に立たなかったわよ」

清菜の言葉がいつにも増して胸を刺す。

桃香はなにも答えられないまま、唇を引き結んで仕事を続けた。


その日の昼休み、桃香はビルの前に来ていたオムライスのキッチンカーで、〝ベーコンとキノコのとろふわオムライス〟を買った。

オフィスに戻って休憩スペースに行くと、すでに奈央子がソファに座って、いつもの通り、自分で作ってきたお弁当を食べていた。

「東さん、お疲れさまです」

桃香は声をかけて、奈央子と向かい合うソファに腰を下ろした。

ローテーブルの上にオムライスの容器を置いて、蓋を開ける。名前の通りとろふわな卵がとてもおいしそうだ。

「いただきます」

桃香は小声で言ってオムライスにスプーンを入れた。できたてのオムライスを食べていたら、奈央子が声をかけてくる。

「おいしそうですね」

「あ、はい。卵がとろとろでおいしいですよ」

「私も明日はオムライスにしようかなぁ。あ、でも、オムライスのキッチンカーが来るのは月曜日だけでしたっけ？」

奈央子に訊かれて、桃香はスプーンを下ろして答える。

「最近はずっと月曜日に来てますね。でも、たまに出店場所が変わったりするので、いつまでオムライスのキッチンカーが来るかはわからないです」

「そうなんですね」

奈央子は一個目のおにぎりを食べ終わり、二個目を箸でつまみながら言う。

「社長とは仲直りされたみたいですね」

奈央子に言われて、桃香は二週間ほど前、彼女に『社長とケンカしたんですか？』と訊かれたことを思い出した。

「あ、はい」

平静を装おうとするが、頬が熱を持つのが自分でもわかった。

「お二人って雰囲気が自然でいいですよね」

奈央子に言われて、桃香は戸惑いながら答える。

「え、そうでしょうか」

「はい。一緒にいるのが当たり前という感じに見えます」

それは〝兄妹〟として、という意味だろうか？

けれど、奈央子は二週間ほど前、清菜が『兄妹ゲンカでもしたんじゃないですか』と言ったとき、『兄妹って。私の目にはそんなふうには見えませんけど』と言っていた。ということは、彼女は桃香と壮真が付き合っていることに気づいているのかもしれない。

桃香が黙っていたら、奈央子が話を続ける。

「実は私、主人が十歳年上なんです」

桃香は初めて奈央子がプライベートな話をしたことに驚いたが、二人の年齢差にも驚いた。

「十歳ですか。結構離れてますね」

奈央子は目を細めて笑った。

「そうなんです。中学生のときに家庭教師をしてくれてたのが主人で」

「へーっ、そうなんですか」

奈央子の恋バナに桃香は興味を掻き立てられた。

「どちらからアピールしたんですか？」

「私からです。当時、大学院生だった彼が、とても大人でかっこよく感じて。それで、しょっちゅう『大好き』とか言ってたんです」

「わあ、すごく積極的だったんですね！」

桃香はスプーンを動かす手を止めて奈央子の話に聞き入る。

「そうなんです。でも、ぜんぜん本気にしてもらえなかったんですよ」

「うーん、確かに中学生と大学院生ですもんねぇ……」

「でも、志望校に合格したときに『本気です。付き合ってください』って伝えたら、『君には負けたよ』って言って、付き合ってくれることになったんです」

「すごいです。そのまま付き合い続けて結婚されたんですか？」

桃香が訊くと、奈央子は懐かしそうな表情をした。

「結果的には結婚しましたけど、紆余曲折（うよきょくせつ）がありましたよ～。彼が友人に『犯罪だ』とかふざけて言われたのを気にして、会ってくれなくなったりとか」

「わ、それは寂しいですね」

「高校生のときは、私が彼の同僚の女性に嫉妬して、彼とケンカになったこともありました。おまけに、年の差を理由にお互いの両親に結婚を反対されたりもして。ほんと、いろいろありました」

「それは……大変でしたね。でも、ずっと好きだった人と結婚できたなんて羨ましいです」

奈央子は「ふふふ」と笑って、唐突に言う。

「四歳差なんて大したことないんですよ」

「えっ？」

「十歳離れていても恋愛は成立するんです。たったの四歳ですよ？　好き同士なんだから、外野の声なんて気にしなくていいんです」

奈央子の言葉は、間違いなく壮真と桃香のことを言っていた。

二人の関係を肯定してくれる奈央子の言葉に、目の奥がじんわりと熱くなる。

「東さん……」

桃香の感謝のこもった眼差しを見て、奈央子は照れ隠しのように小さく舌を出した。

「な〜んて、恋愛の先輩みたいなことを言っちゃいましたが、私は応援していますよ」

「ありがとうございます」

桃香は涙が浮かびそうになるのを一生懸命こらえた。いつも落ち着いた雰囲気で淡々と話す奈央子の優しい言葉が、本当に嬉しかった。


ランチタイムが終わって一時に席に戻ったら、壮真から社内メールが届いていた。

【相談したいことがあるから、一時十分に第一会議室に来てくれるかな？】

【わかりました】

桃香は返信を送ったあと、休憩スペースに行った。マグカップ二つにコーヒーを淹れて第一会議室に運ぶ。

第一会議室は休憩スペースの向かい側にあり、オーバル型のテーブルの周囲に椅子が八脚置かれている。テーブルにコーヒーを置いたとき、タブレットを持った壮真が第一会議室に入ってきてドアを閉めた。

「壮真さん、コーヒーをどうぞ」

桃香はマグカップを示した。

「ありがとう」

壮真が入り口に近いチェアに座り、桃香はその左隣に座った。

「ちょうどコーヒーが飲みたいと思ってたんだ」

そう言いながらも、壮真はマグカップではなく桃香の右手を握った。

その直後、会議室のドアがノックされたかと思うと、いきなり開け放たれた。ドアの外に清菜が険しい表情で立っていて、桃香は慌てて手を引き抜く。

「社長、部屋で男女二人きりになるときはドアを開けておいてください。誤解を招きかねないことをしたら、セクハラとして訴えられるんですからね。まあ、桃香ちゃんなら訴えたりしないとは思いますけど」

清菜はじろりと桃香を見て、席に戻っていった。壮真は桃香に小声で言う。

「付き合っていることを公にしたら、藤原さんにあんなことを言われなくて済むんだが」

「それはそうかもしれませんけど……」

壮真は桃香を五年間想っていたと言ってくれたが、その間壮真と体を重ねていた清菜は、彼が桃香と付き合うことになったと知れば、やはりショックを受けるのではないだろうか。

桃香がなにも答えないので、壮真は小さくため息をついた。

「桃香が嫌がることはできないから自制するけど、本当は桃香は俺のものだーって叫びたいんだけどな」

桃香は目を見開いた。冗談だとは思うが、壮真の過保護さは独占欲の裏返しに思える。彼ならやりかねないのでは……という気にもなってくる。

「それは絶対にやめてください」

桃香がきっぱり言うと、壮真は大げさに肩をすくめた。

「わかった。やらない」

桃香は小さく咳払(せきばら)いをして言う。

「それで、相談したいことってなんですか？」

「そうだな、本題に入ろう」

壮真は真顔に戻ってタブレットを桃香に向けた。

そこには現在、シャイニングブライトリーがオンラインアプリストアで販売しているアプリのうちの一つが表示されている。

〝フィッティーミー〟という名前で、それまでに蓄積された膨大な食事、運動、身体、健康に関するデータから、登録した個人にＡＩが最適な栄養と運動のアドバイスしてくれるというアプリだ。

「この仕組みを利用したアプリを海外でも販売したいと前々から考えていたところに、今朝、桃香から転送されたメールで、アメリカの企業からアプリの連携の申し出があったんだ」

「あ、あの藤原さんがコストの話を壮真さんにした件ですね？」

「ああ。だが、コストの話は時期尚早だ。先方の出方や条件によっても変わってくるから」

確かにその通りだ、と思いながら、桃香は壮真の話に耳を傾ける。

「それで、まずは業務提携に関する文書の英訳をお願いしたいんだが、最終的にはアプリ自体の翻訳をお願いすることになるかもしれない」

「はい、お任せください」

桃香の返事を聞いて、壮真は心配顔になる。

「忙しくなると思うが……大丈夫かな？」

「大丈夫ですけど？」

桃香は首を傾げて壮真を見た。アプリの翻訳はこれまでにも何度か行っているので、桃香自身、不安はない。

「なにか問題でもあるんですか？」

「……いや。桃香がいいならいいんだ。正式なプロジェクトとして始動したときは、ぜひよろしく頼む」

「はい」

桃香はにっこり笑った。これこそ桃香にしかできないことだ。

（壮真さんの役に立てる！）

それを思うと、自然と気持ちが明るくなった。

その翌日の火曜日。桃香は駅前のベーカリーでランチのパンを買ってオフィスに向かった。おいしそうな紅茶のマフィンがあったので、この前のお礼のつもりで、壮真に二個買った。

（壮真さんが気に入ってくれるといいな）

いつ渡そうかと考えながら、歩道を歩く。

パンを買うために早めに家を出たので、歩道はまだ人通りがまばらだった。

オフィスビルに入ってもエレベーターホールに誰もいない。

十階で下りたら、社員用ドアの横にある入力パッドに赤いライトが点灯していて、ドアはロックされた状態だった。

（わぁ、一番乗りだ）

桃香は入力パッドを操作して暗証番号を打ち込んだ。ピピッと電子音がしてライトが緑色に変わり、ロックが解除される。

桃香はそーっとドアを開けた。一番になるのは年に一度か二度なので、誰もいない静かなオフィスはなかなか新鮮だ。ブラインドの隙間から淡く漏れる明かりがほんのりと室内を照らしているだけで、なんの物音もしない。

（壮真さんも来てないなんて）

桃香はフロアを歩いて中程にある自分のデスクにバッグを置いた。マフィンの入った紙袋を持って社長ブースを覗く。

清菜のセクハラ発言があってから、壮真のブースに近づいていないが、彼のブースはいつもの通り、きちんと片づいていた。

大きなデスクの上にはパソコンのモニタが三つ並んでいて、手前にはキーボードとマウス、右側にはタブレットとノートパソコンが置かれている。

左側にはパンフレットや書類が整然と積まれていた。

左の壁はシェルフになっていて、プログラミングの本や経営学の本、ファイルなどとともに、写真が二枚収められたフォトフレームが飾られている。

壮真の大学院の卒業式に映画研究サークルのメンバーと一緒に撮った写真と、シャイニングブライトリー設立直後に入社した社員七名の写真だ。

(壮真さん……)

桃香は社長ブースに足を踏み入れ、壮真のチェアにそっと腰を下ろした。

チェアは壮真の身長に合わせられているため、桃香にすれば座面が少し高い。背もたれは大きくしっかりしていて、アームレストとヘッドレストもある。

桃香は背もたれにゆったりと背を預けて目を閉じた。その瞬間。

「なにやってるの？」

清菜の鋭い声が聞こえて、桃香は心臓が飛び出しそうなくらい驚いた。

「えっ、あっ」

振り返ったら、社長ブースの入り口で清菜が腕を組んで立っていた。カッチリしたパンツスーツ姿の彼女の目つきは、声と同じく刺すように鋭い。

「あの、ええと」

桃香は慌てて立ち上がろうとして、左腰をデスクにしたたかぶつけてしまった。

「痛っ」

ゴンと鈍い音がして、桃香は顔をしかめて左手で腰を押さえる。

「社長がいないときに勝手に椅子に座るなんてどういうつもり？　兄離れしたんでしょ⁉」

清菜が責めるような口調で言った。そのあまりの険しさに、桃香はその場で立ちすくむ。

「あの、マフィンを買ったので、それを社長に渡そうと思ったんです」

「それで、社長が来るまでそこで待ち伏せするつもりだったの？」

「待ち伏せをするつもりだったわけではないです」

「でも、現にそうしてたじゃない。どう言い訳するつもり⁉」

壮真のことを考えたかったから、などと答えられるわけもなく、桃香は黙って唇を引き結んだ。

清菜は怒り混じりのため息を吐く。

「言い訳もできないのね。邪魔になるから早く自分の席に戻りなさい。それから、一番に出社した人はオフィスの明かりを点けて、プリンタの電源を入れて、コーヒーメーカーをセットしないといけないでしょ。さっさとやってちょうだい！」

清菜の大きな声がフロアに反響して消えたとき、オフィスの明かりがパッと点いた。

「おはよう、桃香ちゃん、藤原さん」

のんびりと近づいてくる壮真の声が聞こえて、清菜がハッとしたように顔を向けた。

「おはようございます、社長」

そう言った清菜は、一転してにこやかな表情になっている。

「今日は二人が一番乗りだったのかな？」

社長ブースの入り口で壮真は足を止めて言った。

今日の彼は細身の黒のスーツにブルー系のマルチストライプ柄のネクタイを合わせている。

桃香が入社一年目に壮真の誕生日に贈ったネクタイだ。

清菜は壮真から桃香に視線を動かしながら言う。

「いいえ。桃香ちゃんが一番に出社していました。でも、明かりも点けずに社長の椅子に座っていたので、注意してたところです」

桃香を見る清菜の視線は相変わらず鋭くて、桃香は小さく首を縮こめた。

「すみません。ベーカリーで買ったマフィンを、社長に差し入れしようと思ったんですけど」

「つい出来心で、座っちゃった？」

壮真はクスリと笑って清菜のそばをすり抜け、チェアに近づいた。

「俺のチェア、みんなのチェアとは桁が違うからなぁ。座り心地は抜群だと思うよ」

壮真はそう言って桃香の髪をくしゃっと撫でた。

「俺だけ高いチェアを使ってて申し訳ないとは思ってたんだ。藤原さんも座ってみる？」

壮真が清菜に視線を送り、清菜は戸惑ったように瞬きをした。

「さすがに悪いと思って、自腹切ったワークチェアなんだけど、開発担当者のパフォーマンスが上がるなら、社として企画開発部の全員にこのチェアを導入するのもアリなんじゃないかな。藤原さん、経理担当者としてどう思う？」

「それは……」

「座ってみて。本当に座り心地がいいんだよ。長時間座っていても疲れないし、開発担当者憧れの、行き詰まったときにヘッドレストに頭を預けて天井を仰ぐってポーズもできる」

そう言って壮真は顎に右手を当て、難しい顔をして天を仰ぐ仕草をした。

その様子に、清菜が小さく噴き出す。

「ほら、藤原さん」

壮真が手招きするので、清菜は大股でチェアに近づいた。

「では、失礼します」

腰を下ろした清菜に壮真が問う。

「どう？」

「ええ、そうですね。座面がしっかりしていて安定しますし、姿勢もよくなりますね」

「だろう？　長時間座っていたときの疲労感がぜんぜん違うんだ。経理担当者としてコスパを考えてみてくれ」

壮真は背もたれにポンと手を置いた。

「それで、桃香ちゃん、マフィンはいくつ買ってきてくれたの？」

壮真に顔を向けられ、桃香は紙袋を持った手をお腹の前でもじもじさせながら答える。

「あの、二つです」

桃香は紙袋をおずおずと差し出した。それを壮真は笑顔で受け取る。

「ありがとう。さっそくいただこうかな。来る途中で小腹が空いたから、助かるよ。コーヒー淹れるけど、二人とも飲む？」

「あ、社長、私が淹れます」

清菜がさっとチェアから立ち上がり、壮真はにっこり笑いかけた。

「そう？　悪いね」

清菜は頷いて社長ブースを出て行った。

清菜の姿が見えなくなり、壮真は桃香の耳元に唇を寄せる。

「俺が来るのが待ち遠しかった？」

桃香は頬を染めながら頷いた。

「嬉しいな」

「でも、ごめんなさい。みんなに内緒にしてほしいってお願いしたのは私なのに」

「謝らなくていいよ。マフィンを買ったことを伝えに来てくれたんだろう？」

「それもありましたけど」

桃香は口の中でもごもごと答えた。その様子を見て、壮真は目尻を下げる。

「桃香、かわいい。俺だけが桃香に会いたがってるのかと思ってたから、桃香が俺を待っててくれて嬉しいよ」

壮真の唇が軽く耳たぶに触れた。桃香はあやうく声を出しそうになり、両手を口に当てた。

「あの、もう席に戻りますね」

桃香は急いでその場を離れようとしたが、壮真の手が桃香の手首を掴んだ。

桃香は振り返って彼を見る。

「壮真さん？」

「その顔で行くの？」

「え？」

「顔が赤い。俺のことが好きでたまらないって顔をしてる」

笑みを含んだ声で言われて、桃香は顔がさらに熱くなった。

「そ……んな」

桃香が手でパタパタと顔を扇いでいたら、壮真が紙袋からペットボトルのミルクティーを取り出した。

「桃香ちゃんへの差し入れ。冷たい紅茶だ」

「わあ、ありがとうございます」

桃香はペットボトルを受け取った。それを頬に当てると冷たくて気持ちがいい。

「じゃ、俺はコーヒーをもらってくるよ」

壮真は社長ブースを出て行った。桃香は両方の頬に交互にペットボトルを当てる。しばらくそうして頬の火照りと気持ちを落ち着かせてから、デスクに戻った。休憩スペースの方を見たら、清菜はマグカップに淹れたコーヒーを飲みながら、壮真と談笑している。

桃香はホッと息を吐き出してチェアに座った。

清菜は壮真のチェアに座っている桃香を見て、あんなにも険しい表情をしていた。

(藤原さんは私と壮真さんが付き合ってることを知ったら……どう思うんだろう……)

ショックを受けるだけでなく、ひどく腹を立てそうな気もする。

それを考えると、やはり清菜には桃香と壮真のことは知らせにくかった。


その日、六時半に自分の業務を終えて、桃香は左隣の女性社員と清菜に声をかけた。

「なにか手伝えることはありますか?」

女性社員は「大丈夫です。ありがとうございます」と返事をしたが、清菜はチェアから立ち上がった。

「桃香ちゃん、今からちょっといい?」

「あ、はい」

「第一会議室に来て」

清菜が先に立って歩き出し、桃香は彼女に続いた。第一会議室に入って、清菜はドアを閉め、桃香にチェアを手で示す。

「座って」

「あ、はい」

桃香は言われるままに腰を下ろした。

清菜は隣のチェアに座り、深刻な表情でおもむろに口を開く。

「あのね……すごく言いにくいんだけど……」

「はい」

いったいなにを言われるのかと、桃香は緊張して背筋を伸ばした。

「社長は翻訳業務を外注するつもりみたいよ」

それは初耳だった。桃香は驚いて目を見開く。

「それはいったいどういうことですか？」

「社内に翻訳担当者を置くよりも、必要に応じて翻訳会社に外注した方が、コストパフォーマンスがいいってことよ」

「えっ」

「だから、あなたは必要じゃなくなるの」

清菜に突き放すような口調で言われて、桃香の心臓がドクンと波打った。

「そんな……」

「今の時代、縁故採用とか甘いことは言ってられないでしょ。切れるところは切ってコストを削減していかないと、競争に勝てないのよ」

「でも、私はなにも聞いてません」

桃香は膝の上で両手をギュッと握って清菜を見た。

清菜は顔をしかめて言う。

「そりゃそうよ。今日のランチタイムのあとに社長から聞いたばかりだもの。そのうち正式に話があると思うけど、覚悟はしておいて」

つまり、クビを切られる覚悟をしておけ、ということか。

(どうして壮真さんは私に直接言ってくれなかったの……？)

あまりのショックに桃香は言葉を失った。

清菜は淡々とした口調で続ける。

「早めにわかった方が、就職活動もしやすいでしょ。これでも気遣ってあげたのよ。伝えたかったのはそれだけだから。もう帰ってくれていいわ」

そうは言われても、桃香は立ち上がることができなかった。

桃香が座ったままなので、清菜は先に立ち上がった。そうして桃香に顔を近づける。

「今朝みたいなことをして社長に甘えるのも、もう終わりよ」

清菜は押し殺した声で言って会議室を出て行った。

桃香は閉まったドアを見ながら、ぼんやりと考える。

（コスト削減のために外注するってことは……会社の経営が苦しいってことなの……？　そんなまさか……）

でも、清菜は人件費を含め、支出全般を把握している経理担当社員だ。彼女が言うように壮真から聞いたのなら、そういうことなのだろう。

（そんなこと……ぜんぜん知らなかった）

壮真のことだ。きっと心配をかけまいとして桃香に言わなかったのだろう。

だとしても、桃香をリストラするならするで直接言ってほしかった。たとえ、壮真が直接声をかけて採用したから、自らクビにしにくいのだとしても。

桃香はのろのろと立ち上がって第一会議室を出た。

デスクに戻って社長ブースを見たが、壮真の姿はない。

オフィスを見回したら、彼は社長ブースの隣の企画開発部で、数人の社員と真剣な顔で話をしていた。

桃香はふっと視線を戻して、バッグを肩にかける。

「お先に失礼します」

近くの社員に小声で挨拶をしてオフィスを出た。

桃香がシャイニングブライトリーで働いているのは、壮真が桃香の能力を買ってくれたからでもあるが、桃香自身が彼の役に立ちたいと思ったからだ。

プライベートシアターで映画を観たあの夏の暑い日、立ち直るきっかけをくれた壮真。

彼のことも、彼の会社も大切。

彼のそばで働けないのはつらいけど、会社にとって、そして彼にとってプラスになるのなら、自分は……辞めても構わない。


その週の金曜日、仕事のあとで壮真が桃香の部屋に来ることになった。先週は桃香が二日酔いなのと落ち込んでいたのとで一緒に過ごせなかったので、およそ二週間ぶりだ。壮真は起業家を支援するためのセミナーに講師として参加しているため、セミナーが終わってから桃香の部屋に来ることになっている。

そこで、桃香は二週間ぶりに英会話カフェに参加することにした。

火曜日からずっと退職後のことを考えていて、フリーランスの翻訳者として翻訳会社に登録しようと決めた。

そのためには、できる限り英語力を磨いておきたい。

開始五分前の五時五十五分に、会場である地下ショッピングモールのカフェに到着した。カウンターでアイスカフェオレを買って、いつもの大テーブルに行く。何度かこの英会話カフェで話したことのある大学生や社会人の男女が五人、すでに席に着いていた。

カフェを主催しているのは、三十歳くらいの和田山怜央（わだやまれお）という男性で、祖父がアメリカ人だそうだ。

普段は英会話教室で講師をしているという。明るい茶髪をして少し軽そうにも見えるが、このワンコイン英会話カフェを毎週欠かさず企画してくれる、とてもマメな男性である。

「Hello, Momoka-san!」

怜央ににこやかな笑顔で声をかけられ、桃香も挨拶を返した。

そして、先週、急にキャンセルしたことを詫びて、入り口に近い席に座った。

冷たいドリンクを飲んでホッとしたとき、背後に誰かが立った気配がする。振り返ったら、なんと健都がいた。

「Hi, Momoka-san!」

健都は桃香に屈託のない笑顔で言って、桃香の左隣の席に座った。

ほかにも席は空いているのに、わざわざ桃香の隣に座るなんて。

『英会話カフェで会ったときは、今まで通り普通に話してくれると嬉しいよ』と言っていただけのことはある。

新しく恋人ができた健都にとって、桃香との間にあったことは、すべてなかったことになっているようだ。

それならば、と桃香もにっこり笑って「Hi」と返した。

やがて六時になって、英会話の時間が始まった。全員――今日の参加者は主催者を含めて十人――が簡単に自己紹介をしたあと、近くの席の人と十五分間フリートークを行う。健都はすぐさま、右側に座っている桃香に『元気でしたか？』と英語で話しかけた。

健都の左側の席では、二十代前半くらいの女性が不満そうに頬を膨らませた。彼女は健都と話したかったようだ。

そんな女性の様子に構うことなく、健都は桃香に近況をペラペラと英語で話し始めた。

『今週、中途採用で男性が入社してきました。俺が教育係を任されました。彼は前の会社を一年で辞めたそうです。うちの会社で続くか心配です。ただ、海外の企業と仕事をしたいという意欲はあるようです。だから、英語力を含めて、俺がきちんと面倒を見ようと考えています』

『そうなんですね。がんばってください』

それから健都は、読んでいる本の話を始めた。

あらかじめなにを話すか決めていたようで、淀(よど)みなく英語を話し続ける。桃香はほとんど相づちを打つだけだ。

そのとき、健都の左側からさっきの女性が会話に入ってきた。

『私もお二人と一緒に話したいです』

英語の発音はぎこちないが、一生懸命に話しかけてくる。桃香は彼女に笑いかけた。

『初めてお会いしますね。私は桃香と言います』

『今日、二回目の参加です。私の名前は穂乃花(ほのか)です』

彼女は桃香に名乗ったあと、健都を見た。

『先週も健都さんとお話ししたいと思っていたのですが、ええと、チャンスがありませんでした』

『そうですか』

健都は自分の話を中断させられたからか、不機嫌そうな表情で言った。それでも穂乃花はめげずに話しかける。

『健都さん、趣味はなんですか？』

『いろいろです。多趣味なんで』

『健都さんは会社で働いていますね？』

『はい』

『私は大学生です』

健都が何も言わないので、会話が止まってしまった。

穂乃花は「ええと」とか「あの」とか言いながら、懸命に話題を捻(ひね)り出(だ)そうとしている。

穂乃花はもっぱら健都を見つめているので、きっと彼と二人で話したいのだろう。

そう思って、桃香は黙って見ていたが、穂乃花が焦って顔を赤くし始めたので、助け船を出すことにした。

『穂乃花さんは大学何回生ですか？』

『あ、ええと、二回生です』

『専攻はなんですか？』

『け、経済学です』

桃香は健都を見る。

『健都さんも経済学部出身でしたよね？』

桃香に話を振られて、健都は『はい』とだけ答えた。それでまた会話が途切れてしまう。

（健都さん、さっきまでたくさん話してたのに……）

桃香はため息を呑み込み、穂乃花に話しかけた。

『私はどちらかというと経済学には苦手意識を持っているんです。経済学初心者が読んでもおもしろい本があれば、ぜひ教えてください』

穂乃花はホッとした様子で、いくつか本の名前を日本語で挙げた。

大学の授業で指定された参考文献らしい。そのうちの一冊を穂乃花が『読んでいるところです』と言ったとき、健都が言葉を挟んだ。

『それは本当に初歩の本ですね。もっと突っ込んで学べる本があります』

そう言って健都が再び会話に参加したので、桃香はホッとした。

そんなふうにして十五分が経過し、フリートークの時間が終わった。次はディスカッションの時間だ。主催者の怜央があらかじめ参加者にメールで知らせていたテーマに沿って議論する。

今日のテーマは、今盛んに話題になっているSDGs――持続可能な開発目標――だ。十七ある目標のうちの一つ、〝海の豊かさを守ろう〟について、みんなで意見を交換する。乱獲や海洋汚染、プラスチックゴミの問題などで議論は大いに盛り上がった。

桃香も以前からとても興味を持っていた分野だったので、日頃からニュースなどでチェックしている。そのおかげで議論にも積極的に参加することができた。

玲央が、マイバッグやマイボトルなど、自分たちにできることから始めよう、と締めくくって、今日の英会話カフェはお開きとなった。

「みなさま、ご参加ありがとうございました。またぜひ一緒にお話ししましょう」

玲央が言い、参加者が口々に礼の言葉を述べる。

「こちらこそありがとうございました」

「楽しかったです。またぜひ参加させてください」

桃香も玲央に感謝の言葉を伝え、帰ろうとバッグを肩にかけた。

そのとき、健都が話しかけてくる。

「桃香さん、これから一緒にディナーをどうかな？」

愛想のいい笑顔を向けられ、桃香は訝り（いぶか）ながら答える。

「えっと、それはみなさんで一緒に、ということですよね？」

「いや、俺と桃香さんの二人だけで」

健都の言葉を聞いて、桃香は眉をひそめた。『桃香さんとはもう付き合えないんだ』と言っていたのに、いったいどういうつもりなのだろう。

桃香の表情を見て、健都は慌てたように言う。

「実はどうしても桃香さんに直接伝えたいことがあるんだ」

「それなら、今ここで話していただけますか？」

健都は周囲をチラチラと見てから言う。

「いや、二人きりになれるところで話したい」

桃香は正直、健都と二人きりになりたいとは思わなかった。

「それでしたら、メッセージを送ってください。今日はこれから予定があるので失礼します」

桃香は会釈をして立ち上がった。

健都も同じように席を立ったので、桃香はこれ以上彼に話しかけられないうちにと、急いでカフェを出た。

(今のカノジョの前に告白した私を食事に誘うなんて……。いくらなんでもカノジョに悪いと思わないのかな)

振り返って見たら、健都は穂乃花ともう一人の女性に呼び止められていた。相変わらず女性に人気はあるようだ。

桃香は人混みを縫って地下のショッピングモールを歩き、地階入り口からデパートに入った。食料品フロアの惣菜(そうざい)売り場に足を踏み入れ、健都のことは頭から追い出して、壮真と過ごす夜のことを考える。

(なにを買おうかな～)

惣菜売り場は七時前でもまだ人が多い。

桃香は壮真が好きなローストビーフと、桃香が好きな魚貝のマリネなどのほか、いくつかワインに合いそうな料理を選んだ。

それからワインコーナーで低アルコールワインを買って、地下鉄で帰路に着く。

ふと気を抜くたびに、火曜日の帰り際に清菜に言われた言葉が耳に蘇ってくる。

『社長は翻訳業務を外注するつもりみたい』

『あなたは必要じゃなくなるの』

会社で必要とされなくなる。それを思うと心が重く沈みそうになる。

(だけど、会社に居場所がなくなっても、翻訳会社を通じて仕事を外注してもらえれば、私はまだ会社の……壮真さんの役に立てるんだから、大丈夫)

落ち込むたびに自分に言い聞かせていた言葉を声に出さずに言って、顔を上げた。

マンションの最寄り駅について改札を出ると、意識して口角を引き上げる。

(今日は壮真さんと一緒においしいお惣菜を食べながら、ワインを飲むんだから)

そうして気持ちを持ち上げるように、軽い足取りで歩道を歩いているうちに、マンションが見えてきた。エントランスに近づいたとき、バッグの中でスマホが鳴り出す。

(壮真さん、セミナー終わったのかな)

そう思いながらスマホを取り出した瞬間、表情が固まった。

着信の相手は健都だった。

(メッセージを送ってって言ったのに)

桃香はため息を呑み込んで電話に出た。

「もしもし」

『桃香さん、健都です』

「はい」

『ごめんね、今話せる？』

「はい」

『本当は直接話したかったんだけど、桃香さん、足速いんだね』

桃香は淡々とした口調で尋ねる。

「なんのお話でしょうか？」

『この前の話、まだ有効かな？』

健都の言葉を聞いて、桃香は眉を寄せた。

「この前の話ってなんのことですか？」

『それはもちろん、俺と付き合うことだよ』

思いも寄らぬことを言われて、桃香はぽかんと口を開けた。

なぜそんな話を蒸し返されるのか、まったく意味がわからない。

「えっと……健都さんは別の女性と付き合ってるんですよね？　私が連絡しなかったから、別の女性と付き合うことにしたっておっしゃってたと思いますけど」

『あー、それなんだけどね』

電話の向こうで健都が大きく息を吐いた。

『彼女、確かに発音はきれいだし英会話もできるんだけど、それだけなんだ』

「は？」

『つまりだね、彼女の英語力は日常会話レベルなんだよ。俺が求めているのとは違うんだ。俺はもっと英語を使って深い議論がしたいんだよ。今日、ディスカッションの時間に桃香さんがしてたような、深くて実のある議論。趣味はなんですか～とか、出身はどこですか～とか、そんなのとは違う』

なんとなく健都の言いたいことがわかってきた。

桃香は呆れてため息をつきたいのをこらえて言う。

「健都さんが言う有意義なお付き合いって、英語で議論をすることなんですか？」

『もちろんそれもあるよ。でも、誤解しないでほしい。それだけじゃない。桃香さんだって、どうせ付き合うなら、自分を高められる相手の方がいいだろう？　だらしない男とか、向上心のない男とか、そんなやつらと付き合っても、自分がダメになるだけだ』

健都にとっての〝付き合う〟の意味は、桃香にとっての意味と根本が違うようだ。

「私は有意義な付き合いができるからって理由で、男性とお付き合いすることはありません」

『どうして？　付き合っているうちに俺のよさがもっとわかってくるはずだよ』

「健都さんが向上心に溢れている人だってことはわかります。それでも、私は好きな人としか付き合いません」

桃香がきっぱり言ったとき、突然背後から壮真の声がした。

「それに、そもそも好きな人と付き合っているからね」

直後、背後からふわりと抱きしめられた。桃香はスマホを左耳に当てたまま、肩越しに振り返った。目が合って、壮真が優しく微笑む。

「壮真さん」

「来客用駐車場に車を駐めていたら、桃香が見えたんだ」

壮真が桃香の右頬に頬を寄せた。

「お待たせ」

そう言って桃香の頬に口づけた。

「部屋に入らないの？」

壮真は目を細めて、桃香の頬にチュ、チュとキスを繰り返した。

桃香はくすぐったくて身をよじりたくなったが、後ろから壮真に抱きしめられているので動けない。

「待ってください。今、電話中なんです」

「待てない。桃香は俺に会えて嬉しくないの？」

壮真の唇が耳たぶに移動し、桃香は背筋を震わせた。

ゾクゾクするような刺激に声が出そうになり、桃香は右手で口を押さえる。

「……っ」

桃香が必死で耐えているのに、壮真はお構いなしに耳たぶを口に含んで甘噛みした。

「やんっ」

反射的に甘い声を零してしまい、桃香は真っ赤になって壮真を睨んだ。

手で口を押さえていたが、スマホを持ったままだったので、桃香の上ずった声が健都の耳に届いたかもしれない。

「……壮真さん、ダメですってばっ」

桃香はスマホのスピーカーを押さえて、低い声で言った。壮真は手を伸ばして桃香の手の中からスマホを抜き取った。

「あっ」

慌てる桃香を横目に、壮真はスマホを耳に当てて言う。

「桃香は俺の大切な女性だから、もう口説かないでくれるかな」

「ちょっと壮真さん！」

桃香はスマホを取り返そうと手を伸ばしたが、彼はスマホをひょいと持ち上げた。

「もう、返してください」

「キスしてくれたら返してあげる」

「なに言ってるんですかっ」

桃香が手を振り回すので、壮真は仕方ないな、と言いたげな表情になって、桃香にスマホを返した。桃香は急いで耳に当てる。

「あの、健都さん？」

桃香が呼びかけると、健都の戸惑った声が返ってくる。

『……桃香さん、付き合ってる人はいなかったんじゃなかったの？』

「健都さんに訊かれたときはいませんでした。でも、そのあと、好きな人と付き合うことになったんです」

『そ、そうだったのか……。それはとても残念だな。俺がほかの子と付き合っちゃったから……かな？』

健都の沈んだ声が返ってきて、桃香はきっぱりと言う。

「いいえ。それがなくてもお断りしてました」

『そうか……わかった……。でも……英会話カフェでは今まで通りでお願いします』

「あ……はい」

『それじゃ……さようなら』

落ち込んだ声で言って、健都は通話を終了した。

壮真が腕を解き、桃香はスマホをバッグに戻した。

予想外の健都の言葉にも壮真の行動にも驚いたが、健都は納得してくれたようだ。

桃香は小さく息を吐いて壮真に向き直る。

「壮真さん、お帰りなさい」

「桃香もお帰り」

壮真は桃香を正面からギュウッと抱きしめた。

「壮真さん？」

「桃香が不足してる。桃香に飢えてるんだ」

壮真は桃香の肩に顔をうずめた。

「あの、でも、ここは外なので……」

「どれだけ我慢すればいいんだ？」

壮真のくぐもった声を聞いて、桃香は目を見張った。

「が、我慢って？」

「桃香は俺のものだってみんなに言いたくてたまらないのに」

あ、そっちの我慢か、と思いながら、桃香は壮真に訊く。

「みんなって誰ですか？」

「世界中のみんな」

「私だって壮真さんがほかの人に取られないように、私のものだって言いたいです」

「本当にそう思ってる？」

壮真は腕を解いて桃香を見た。

「はい」

「だったら、これからは堂々と一緒に出勤しても構わないね？」

壮真に訊かれたが、桃香は清菜のことを思い浮かべて、おずおずと言う。

「でも……私と壮真さんが付き合ってるって知ったら……ショックを受ける人がいますよね？」

「そんな人、いないと思うけど」

壮真の答えを聞いた瞬間、桃香は目を見開いた。

二週間前の水曜日のランチタイム、清菜は奈央子に『お互い支え合っては来たんですけど、事情があって公然と恋人と呼べるような関係ではなかったんです。でも、最近、相手に大きな心境の変化があったので、これからは結婚に向けて進んでいけると思います』と話していた。

そんなことを言ったということは、清菜は壮真との関係を真剣に考えていたのだろう。壮真は体の関係だと割り切っていたのかもしれないが、清菜はそうではなかったはずだ。

「壮真さんは……罪作りです」

桃香は低い声で言った。壮真は不思議そうに問う。

「俺が？　どうして？」

「本当にわからないんですか？」

桃香は壮真をキッと見た。桃香の態度が急に変わったことに驚いて、壮真は眉を寄せる。

「いったいどうしたんだ？　どういうことかちゃんと説明してくれ」

本当に心当たりがない、と言いたげな壮真の表情を見て、桃香は唇をギュッと噛んだ。

今となっては両片想いだったが、そうとは知らずに壮真に片想いしていたとき、どれほどつらかったか。壮真の優しい言葉に舞い上がったかと思えば、彼がほかの女性に囲まれる姿を見て、叶わない恋なのだと苦しくなった。彼が社会人になってからは、自分がただの学生であることに劣等感を抱いていた。

壮真との結婚を考えていた清菜は、桃香と壮真のことを知ったら、いったいどれほど傷つき、苦しむだろうか。

桃香は怒りを覚えながら口を開く。

「藤原さんのことはどうするんですか？　このままでいいわけないですよね!?」

「え、藤原さん？」

「そうです。壮真さんは藤原さんと付き合ってたんでしょう？」

「ええっ？」

壮真が驚いたように大きく目を見開いた。その反応に桃香の怒りが大きくなる。

「か、体だけの関係だったから、付き合ってるわけじゃなかったって言うんですか!?　そんなのひどすぎますっ」

「ちょっと待て、桃香。なにか大きな誤解をしている」

「誤解？　なにが誤解なんですか!?　私、見たんですから！」

「見たってなにを？」

「壮真さんの誕生日の前日です。金曜日にオフィスで、壮真さんは藤原さんと……キ、キス、してたじゃないですかっ」

桃香は大声で言って、肩で息をした。壮真は瞬きをする。

「してないけど」

「えっ？　でも、あのとき……私、あのとき退社してから忘れ物をしたことに気づいて、オフィスに取りに戻ったんです。そしたら、壮真さんは藤原さんと二人きりでブースにいて……藤原さんが壮真さんのネクタイを掴んで引っ張って……『そろそろ桃香ちゃんのお守りはやめて、今年の誕生日は私と一緒に過ごしましょうよ。大人同士のステキな夜にしてあげますから』って言って……そのあと、キスしてたじゃないですか」

壮真は右手で前髪をくしゃりと握って、大きく息を吐き出した。

「あれを見たのか……」

壮真の低い声を聞いて、桃香は胸がズキンと痛んだ。

「で、でも、理解はします。男の人は長い間禁欲できないんですもんね。私と付き合う前のことだから、壮真さんと藤原さんが体の関係を持っていたんだとしても、それは過去のことだって割り切るように努力します。でも、藤原さんはそうじゃないかもしれないんです。藤原さんは壮真さんと付き合ってるって思ってて、結婚するつもりだったら——」

どうするんですか、という言葉は出てこなかった。唇を壮真のキスで塞がれてしまったからだ。

「……む……っ」

桃香は驚いて目を見開いた。壮真は桃香の下唇をキュッと噛んで唇を離し、桃香の頬を両手で包み込む。

「藤原さんとはなにもしてない」

壮真は強い眼差しで桃香を見つめた。

「……え？」

「キスどころか手をつないだことすらない」

「でも、だって、あの日は――」

壮真は桃香の右手を取って彼のネクタイを掴ませた。

「こうやって藤原さんが俺のネクタイを掴んだから、こう言ったんだ。『桃香ちゃんがプレゼントしてくれた大切なネクタイだから、触らないでくれ』って」

「それで、藤原さんは……？」

「驚いた顔をしたから、俺はこうやってネクタイを引き抜いた」

壮真は結び目の下辺りでネクタイを掴み、桃香の手の中からスルリと引き抜いた。桃香は呆然とした表情で壮真を見る。

「……ほ、ほんとに……？」

「ああ。桃香を好きになってから、桃香を抱けないからって、欲求のはけ口をほかの女性に求めたことはない」

壮真はきっぱりと言った。桃香は両手を自分の頬に当てる。

「じゃあ……私……一人で誤解して……」

「離れた場所から見たら、キスしてるように見えたかもしれないな」

「え、でも、じゃあ、どうしてたんですか？」

「どうってなにが？」

壮真は怪訝そうに桃香を見た。桃香は頬を染めながら言う。

「しょ、小説では、ヒロインは二年間体の関係を持たなかったからって理由で、婚約者に浮気されてました。それに、男性は『長い間禁欲できない』って聞きましたよ！」

「小説の話はわからないけど、まあ、確かにときどきは……」

今度は壮真が頬骨(ほおぼね)の辺りを染めながら横を向いた。桃香は焦って壮真のスーツの袖を掴む。

「えっ、ときどきは、なんなんですかっ!?　まさかお金を払って……!?」

桃香の顔がさらに赤くなり、壮真は苦笑して桃香の髪をくしゃっと撫でた。

「とんでもない想像力だな」

壮真は桃香の耳元に唇を寄せて続ける。

「どうしてもシたくなったときは、桃香のことを考えながら一人でシた」

「えっ、わ、私のことってっ!?」

「桃香が俺のことを兄代わりとしてじゃなく、男として好きになってくれたら、俺の前でどんなふうに笑うんだろう？　俺がキスしたら、服を脱がせたら、恥ずかしがるだろうか？　体のあちこちにキスしたら、どんなふうに喘ぐんだろう？　めちゃくちゃに抱いたら、どんなふうに乱れるんだろう……？　そんなことを想像しながら」

壮真が熱を帯びた声で囁き、桃香は耳まで真っ赤になった。

「そ、そ、壮真さんこそ……なんなんですか、その想像力はっ」

壮真は桃香の顎をつまんで顔を寄せた。

「でも、想像はしょせん想像だ。本物の桃香はもっとずっとかわいくて、きれいで、魅力的で、たまらなくそそる。俺を夢中にさせるんだ」

そう言って壮真は桃香の唇にキスをした。桃香の手から力が抜ける。紙袋がドサッと地面に落ち、ワインボトルが鈍い音を立てた。

「あっ」

桃香が声を上げ、壮真は桃香の顎から手を離した。

「どうした？」

桃香は恥ずかしさと焦りであたふたしながら言う。

「わ、わた、私っ、壮真さんと一緒に食べようと思って、デパ地下でお惣菜とワインを買ってきたんです。で、でも、落としちゃいました……」

壮真はデパートの紙袋を拾い上げて中を確認した。

「大丈夫、中身は零れても割れてもいない」

「よ、よかったぁ……」

桃香は大きく息を吐き出した。壮真の手から紙袋を受け取ろうとしたが、その手をやんわりと握られた。

「俺が持つよ」

壮真は桃香の指に自分の指を絡めた。

「あ、じゃ、じゃあ、部屋に入りましょうか」

桃香が歩き出し、壮真は桃香に並んだ。

「もう気になることはない？」

壮真に訊かれて、桃香の耳に『社長は翻訳業務を外注するつもりみたいよ』と言った清菜の言葉が蘇った。桃香の表情がわずかに曇ったのを見て、壮真が言う。

「あるんだな。全部訊いてくれ。なんでも答えるよ。やましいことはなにもないから」

「壮真さんのことは信用してます」

「じゃあ、なにが気になってるんだ？」

桃香はオートロックパネルの前で足を止め、バッグからキーケースを取り出してロックを解除した。開いたドアから中へ入りながら、桃香は答える。

「もし……コストダウンが必要なら、私、辞めてもいいです」

「いきなりなんの話だ？」

壮真が立ち止まって桃香を見た。桃香は彼に向き直る。

「あの、藤原さんに聞きました。壮真さんは翻訳業務を外注するつもりだから、私は必要なくなるって」

「ちょっと待ってくれ。翻訳業務の外注は考えているけど、それでも桃香は必要だ。桃香が辞める必要なんてこれっぽっちもない」

「どうしてですか？　社内に翻訳担当者を置くよりも、必要に応じて翻訳会社に外注した方がコストパフォーマンスがいいって藤原さんが言ってましたよ？」

「藤原さんは……なにを勝手なことを言ってるんだ」

壮真は呆れたようにため息をついた。

「どういうことですか？」

「コストの面でも質の面でも、社の業務を熟知してる桃香が訳した方がいいに決まってる。それに、俺が言ったのは、桃香が休む間は翻訳業務を外注するってことだけだ。しかも、藤原さんじゃなく、東さんに言った」

桃香は怪訝な思いで眉を寄せる。

「話がぜんぜん見えないんですけど。そもそも私、有給申請を出してませんし、お休みがほしいって誰にも言ってませんよ？」

「今まではね」

「じゃあ、今後は何日か休暇を取ってもいいってことですか？」

「もちろん。翻訳ができるのは桃香だけだったから、桃香ばかりが負担しているようで、ずっと気になっていたんだ」

「……そういうことだったんですね。ありがとうございます」

胸の中のモヤモヤがすべて消えて、桃香は大きく息を吐き出した。

翻訳担当者は自分一人だから、業務に支障が出ないよう、休まない方がいいのだと思い込んでいた。壮真の言葉はそんな桃香を気遣ってくれてのことだったのだ。

「しかし、藤原さんはどうしてそんなことを言ったんだろうな。一度確認してみなければ」

壮真は顔をしかめて言った。

「うーん、経理担当者として経費のことが気になってるのかもしれませんね」

桃香はすっかり気持ちが軽くなって、壮真の左手を両手で握った。

「壮真さん、私、お腹が空きました。早く部屋に行きましょう」

「そうだな」

壮真がエレベーターの上ボタンを押し、開いたドアから一緒に乗り込んだ。壮真は三階のボタンを押して、いたずらっぽい目で桃香を見る。

「食事はあとにしようか？」

「えっ、どうしてですか？　私、お腹ペコペコなんですけど」

「俺はお腹よりも心が空いてるんだ。先に桃香を食べたい」

壮真にニヤリとされて、桃香は目を見開いた。

「ダ、ダメです。お腹空いてるんでご飯が先です。せっかくお惣菜とワインを買ってきたんですからっ」

そのときエレベーターが三階に到着した。廊下を歩いて、桃香は部屋のドアを開ける。

「どうぞ」

「ありがとう」

壮真が先に入り、桃香も続いた。桃香がドアを閉めてパンプスを脱いでいる間に、壮真はデパートの紙袋をキッチンカウンターに置いた。そして、廊下を歩いてきた桃香を抱きしめる。

「桃香」

壮真は桃香の後頭部に手を回して唇にキスをした。しばらく桃香の唇を食んでから、桃香の耳元に唇を寄せる。

「キスだけなら食事の前でもいいだろ？」

熱情を孕んだ低い声に耳をくすぐられて、桃香の心が揺れる。

「ずっと桃香に触れられなくて、心が空っぽなんだ。俺を桃香で満たして。お願いだ、桃香」

切なげに囁かれ、耳たぶを口に含まれて、腰の辺りが淡く痺れた。

桃香自身も、こうやって壮真に触れると、思っていた以上に彼に飢えていたのだと実感する。

「……じゃあ、キスだけなら」

桃香は答えながら壮真の首に両腕を絡めた。

そうして約二週間ぶりの壮真の唇を味わう。

温かくて柔らかな唇を食んでいるうちに、空腹だったことなど忘れてしまった。代わりに胸が熱くなり、体温も上がっていく。

「桃香」

「壮真さん」

気づけば互いの舌を絡ませ合い、濃密なキスを繰り返していた。

壮真の手が桃香のブラウスのボタンにかかる。性急な手つきでボタンが外され、あっという間にブラウスを脱がされた。

「えっ」

キャミソールをたくし上げられ、ブラジャーのホックがぷつんと外された。

浮き上がったブラジャーの下に壮真の手が滑り込み、柔らかな胸の膨らみをギュッと握る。貪るように口づけられながら胸を揉みしだかれ、先端を指先で刺激されて、桃香は喘ぐように声を出す。

「んっ、壮真、さん……キスだけなんじゃ」

「ああ、たっぷりキスをするよ」

壮真は言うなり桃香を横向きに抱き上げた。

「壮真さん!?」

驚く桃香の唇に、壮真はキスを落とした。

桃香をベッドに運んで寝かせると、覆い被さるようにしながら彼女を見下ろした。スーツの上着を脱ぎ捨て、少し顎を持ち上げてネクタイの結び目に指をかけ、シュルリと解く。

壮真のその仕草は、ロマンス小説を読んで想像していたよりも、ずっとずっとセクシーだった。

桃香を見下ろす目も野性的でゾクゾクする。なにより普段の優しい雰囲気とのギャップに、胸がときめいてたまらない。

桃香はとろりとした目で壮真を見上げた。

「壮真さん……」

壮真はキャミソールとブラジャーを剥ぎ取り、桃香の髪を優しく撫でた。

「いっぱい桃香を味わわせて」

壮真は囁くように言って、桃香の唇に口づけた。続いて頬、首筋、鎖骨へとキスを落とし、赤く熟れた胸の尖りに吸いついた。

「あんっ」

桃香は思わず声を上げた。尖りを舌先で転がされ、甘噛みされて、こんなのはキスじゃない、と抗議の声を上げたくなる。

「そ……まさ」

桃香が声を発したとき、壮真は体を起こした。

彼の唇が胸から離れてホッとしたのも束の間、スカートをたくし上げられ、太ももに口づけられた。

彼の唇はそのまま肌を啄み、ショーツの上から舌先で花弁をなぞった。

布越しに与えられる淡くもどかしい刺激に、体の奥から熱いものがじわりと滲み出す。まるで、もっと、とねだるように。

それなのに、壮真は体を起こして、桃香にチラリと視線を投げた。

「まだキスしてないところがあったな」

そうして桃香の腰の下に手を入れて桃香をうつ伏せにした。直後、腰をぺろりと舐められ、桃香はビクリと体を震わせた。

「あぁん、壮真さぁん……」

ついねだるような甘い声で彼の名前を呼んだ。

「大丈夫、たくさんキスしてあげる」

壮真は笑みを含んだ声で言い、スカートを脱がせてショーツを剥ぎ取った。それから桃香の腰を両手で掴む。

腰を持ち上げられて、桃香はベッドに四つん這いになった。

まさか、と思いながら振り返ろうとしたとき、腰をさらに高く持ち上げられ、露わになった秘裂に背後から舌が押し当てられた。

「あぁっ」

溢れた蜜液を舌で舐められ、桃香はシーツに突っ伏しそうになった。

「やぁっ、壮真さ……っ」

だが、壮真は桃香の太ももを抱えるようにしてお尻を持ち上げ、尖らせた舌を割れ目に押し当て、するりと差し込んだ。

「あ……はあ……あ……」

舌で蜜を掻き出すようにしながら浅いところを刺激されて、淫らな水音が高くなっていく。

「や……ダメ……」

「ダメなの？」

壮真の声が聞こえ、桃香はシーツをギュッと握って、浮かされたように言葉を発する。

「だって……こんなの……キスじゃないです……」

「キスだよ。ほら」

壮真の舌が隠れていた花芯を探り当て、ねっとりと舐め回した。

「あ、や、ああっ」

熱くて柔らかい舌で転がされ、淡い快感が気持ちいい。だけど、同時にもどかしさを覚える。

それだけじゃ物足りない。もっと欲しい。もっと。

「んぅ……壮真さん……」

ついねだるように腰が揺れた。

「どうしたの？」

蜜壺を浅く愛撫していた舌がぬるりと引き抜かれた。

桃香が求めているのがわかっているはずなのに、壮真は桃香の背中に優しく唇を押し当て、素肌を啄む。それが余計にじれったい。

「……壮真さんは意地悪です」

「キスだけって言ったのは桃香だ」

壮真の低い声が聞こえた直後、彼が腰にチュウッと吸いつき、桃香はビクッと体を震わせた。

二週間も大好きな人に触れられなくて、触れてもらえなくて、心も体も本当は飢えて疼いていた。それなのに、キスだけで治まるはずなんてなかったのだ。

桃香は恥ずかしさと闘いながら、シーツに頬を押しつけて小声で言う。

「キスだけじゃ……我慢できないです」

「じゃあ、どうして欲しい？」

壮真の口調は甘く問いかけるようなのに、どこか意地悪な響きがある。

桃香は肩越しにそっと壮真を見上げた。

「壮真さんが……欲しいです」

「俺のなにが欲しいの？」

そう言う壮真の目には欲情が宿っていたが、表情は冷静を装っていた。

「い、言わなくても、わかりませんか？」

羞恥で桃香の頬が染まった。

「言ってほしいな。桃香の言葉で聞きたい」

壮真は囁くように言って、桃香のお尻に下腹部を押しつけた。

スーツのパンツ越しなのに、硬いモノを押し当てられて、桃香は自分の蜜口が物欲しげにひくつくのを感じた。

「壮真さんの……ソレ、が……欲しいです」

「ソレって？」

問いを返され、桃香は顔がカーッと熱くなった。

「壮真さんの……硬くて……大きい……ソレ、です」

それ以上は恥ずかしくて、桃香は目を潤ませた。壮真は桃香の背中に覆い被さるようにしながら、桃香の頬に軽く口づける。

「コレのこと？」

壮真はベルトを外してスーツのパンツの前をくつろげた。

ボクサーパンツをずらして、屹立の先を割れ目に触れさせる。

疼くナカをそれが貫いてくれることを期待したのに、壮真はゆっくりと腰を動かして、入り口をかすめるように何度も往復させる。

「んんぅ……壮真さん」

桃香は焦れったくてため息混じりの声を零した。

「コレでどうしてほしい？」

意地悪な声で問われて、桃香は背筋が粟立った。優しい壮真が好きだと思っていたのに、こんな意地悪を言われてゾクゾクしてしまう。

熱く硬い切っ先がぬるぬると滑るたびに、ソレが欲しくて、自分が自分でなくなりそうだ。

「教えて、桃香。俺が桃香を欲しがってるのと同じくらい、桃香も俺を欲しがってくれてるんだって、俺に教えて」

壮真の劣情でかすれた声が耳をくすぐり、ついに桃香の羞恥心が吹き飛んだ。

「壮真さんのを……私のナカに……挿れてください」

肩越しに壮真を見上げたら、彼は片方の口角を引き上げた。

「じゃあ、挿れるよ」

そう言って目を細め、桃香の腰を掴んで後ろから押し込んだ。壮真の大きなモノが蜜壺にゆっくりと侵入する。

「あ、あああぁ……っ」

「桃香が俺を欲しがってくれて嬉しい」

壮真が熱っぽい声で囁き、彼の唇が耳たぶに触れた。

覆い被さるように腰を押しつけられて、蜜壁を抉られる。

「はぁんっ」

背筋を淡い刺激が駆け上がり、もっと強い快感を期待する。

彼が欲しい。たまらなく欲しい。

「……奥まで……突いてください……もっと、いっぱい……」

桃香は熱に浮かされたように呟いた。

「……俺も桃香が欲しい。めちゃくちゃに抱きつぶしたい」

壮真はゆっくりと大きく腰を使い、抜け出しそうなほど自身を引き抜いたかと思うと、一気に奥まで押し込んだ。

「ひあっ……」

最奥をぐりっと抉られ、桃香は高い悲鳴を上げて体をしならせた。

「あぁん、壮真さ……やぁっ……」

「奥まで突いてほしいんだろう？」

言うなり壮真は律動を刻み始めた。リズミカルに体を揺さぶられ、最奥を突かれる衝撃が徐々に激しくなる。何度も腰を打ちつけられて、桃香の口から絶え間なく甘い悲鳴が零れる。

「はぁ……んっ……あぁ……」

熱い杭に穿たれ、どんどん追いつめられていく。下腹部がキュウキュウと締まって、意識の先に快感がちらついた。

「やっ……もう、ダメ……あ、あぁぁーっ」

桃香は彼自身を咥えこんだまま大きく背を仰け反らせた。

痺れるような快感に体を痙攣させながら、シーツの上にくずおれる。

頬をシーツに押しつけたまま荒い呼吸を繰り返していたら、壮真が桃香のナカからゆっくりと自身を引き抜いた。

まだ硬度を保ったままの剛直が抜け出して、桃香はぶるりと体を震わせる。

「んぅ……」

甘い吐息を零した桃香を、壮真は仰向けにした。着ていたものを脱ぎ捨てて、桃香の顔の両側に手を突き、唇にキスを落とす。

「桃香、かわいい」

壮真はもう一度キスをして、桃香の膝の間に体を割り入れた。そうして、欲望の塊を割れ目に押し当て、ゆっくりと沈めた。

「んん、あぁ……」

ぐずぐずに溶けたナカが彼に絡みつき、壮真と一つになっているだけで、じんじんとした熱を感じる。

その刺激に目の前がチカチカして、桃香は喘ぐように言った。

「壮真さん……待って、まだ……」

「どうしたの？」

「さっき、イッたばかりだから……」

「またすぐイッてしまいそう？」

笑みを含んだ声で問われて、桃香は顔を赤くしながら頷いた。

「だったら、ゆっくり動いてあげよう」

壮真は深く押し入ったまま腰をゆっくりと回した。

蜜壺全体を抉られるような感覚に、桃香の背筋を電流のような刺激が駆け抜ける。

「やぁっ！　ゆっくりも、ダメぇ……」

敏感になったナカをじっくりと掻き混ぜられ、桃香は体を震わせた。

壮真は桃香の腰をしっかりと掴み、なおも大きく腰を回す。達したばかりの体は簡単に壮真に翻弄され、高みへと押し上げられそうになる。

「待って、お願い、壮真さん」

快感が今にも爆ぜそうに押し寄せ、桃香はシーツを蹴って壮真の下から抜け出そうとした。

「ダメ、このままじゃ……また、私だけ……っ……」

「何度でも俺を感じて」

壮真は桃香の腰をぐっと掴んだ。つながりがさらに深くなって、桃香は快感にさらわれそうになる意識を必死で保つ。

「でも……気持ちよすぎて……おかしく……なっちゃ……」

「いいよ。おかしくなって。乱れて」

壮真の囁きが聞こえると同時に大きく突き上げられ、桃香の体が張り詰めた。

「あっ、ああっ、あぁぁーっ」

あえなく達して、桃香はビクビクと体を震わせた。

「も……壮真さ……」

あまりの快感に目に涙が滲み、桃香は大きく胸を上下させた。やがてゆるゆると力が抜けて、シーツにぐったりと全身を預ける。

「桃香」

壮真は手を伸ばして桃香の髪をそっと撫でた。

壮真が手加減してくれないせいで、もう体のどこにも力が入らない。それでも、愛おしむような彼の仕草が嬉しくて、桃香は口元をふっと緩めた。

「桃香、好きだよ。大好きだ」

甘くかすれた声で囁かれ、桃香は気怠(けだる)い体を動かし、彼の首にゆっくりと両手を絡ませた。

「私もです。壮真さん、大好きです」

桃香は壮真を引き寄せて唇にキスをした。その瞬間、桃香のナカを埋めたままの剛直がビクリと震え、桃香はハッと目を見開いた。

「壮真さんは……まだ？」

「ああ。桃香の心も体も俺でいっぱいにしたかったんだ」

壮真はつながったまま桃香のお尻をぐっと掴んだ。ぐずぐずに溶けたナカを深く抉られ、桃香は甘いため息を零した。

「桃香、愛してる」

壮真は桃香を見下ろしながら淡く微笑んだ。眉間にしわが刻まれていて、切なそうな表情だ。

桃香は彼の頬にそっと手のひらで触れた。

「壮真さん……どうしたんですか？」

「これからはちゃんと伝えるよ。桃香が周囲の雑音に惑わされないよう、俺の気持ちをちゃんと言葉にする」

「壮真さん」

「だから、桃香だけをずっと想ってきた俺の気持ちを信じてほしい」

壮真の言葉が胸にじわりと染みて、桃香は目頭が熱くなった。

「はい。ほかの誰かの言葉じゃなくて、壮真さんの言葉を信じます。そして、私もちゃんと伝えますね。壮真さん、愛してます」

壮真は小さく微笑んで、頬に触れていた桃香の手を取った。

指先に軽く口づけて、桃香の手をシーツに押しつける。

「ありがとう」

「壮真さんの心も体も私でいっぱいにしてください。今度は一緒に……」

「ああ」

桃香は壮真の腰にそっと脚を絡めた。

心も体もこれ以上ないくらい近くて、互いの熱を肌にありありと感じる。

「くっ……」

壮真が顔を歪めながら、抽挿を始めた。

「あっ、あぁっ……はぁっ……」

激しく体を揺さぶられ、桃香の口から嬌声が零れる。これまではあられもない声を上げるのは恥ずかしかった。でも今は、彼と一つになれて嬉しい気持ちを伝えたくて、素直な言葉を紡ぐ。

「嬉し……です。奥まで壮真さんで……いっぱいで……あぁんっ……すごく……気持ちいっ……」

「ああ、俺も、すごくいい」

壮真が悩ましげに表情を歪め、律動が激しさを増す。

「あ、また、イッちゃ、う……もっ、ダメぇーっ！」

桃香が甘い悲鳴を上げるのと同時に、ナカを満たす彼自身が大きく膨らみ、体の奥で熱が迸(ほとばし)った。

第八章　溺愛宣言

「壮真さんはインドア派じゃなかったはずですよね？」

翌週の月曜日、桃香は迎えに来てくれた壮真の車で会社に向かいながら、そう尋ねた。

結局、金曜日は日付が変わってから、デパ地下の惣菜をつまみながらワインを傾けた。

土曜日も日曜日もほとんどの時間をベッドで過ごした。

ベッドから出たのは、ソファに移動して洋画を見たときと、食材を買いに一緒にスーパーに出かけたときと、一緒に料理を作ったときくらいだ。

「桃香と一緒にいられるなら、どこにいても構わないよ」

壮真は笑いながらハンドルを切った。

「だったら、次の週末はどこかに出かけませんか？」

もちろん壮真とベッドの中で過ごすのも心も体も満たされて幸せなのだが、さすがに体が持たない気がする。

「桃香はどこに行きたい？」

問いに問いで返されて、桃香は考えながら答える。

「じゃあ……映画とか？」

「どんな映画が観たいんだ？」

「なんでもいいです」

「それなら俺か桃香の部屋で、一緒にソファで寝転びながらオンデマンドサービスで観たらいい」

「そうしたら、それ以外の時間をまたベッドで過ごすことになりそうじゃないですか」

「それじゃ桃香は不満？」

壮真に横目で視線を投げられ、桃香は頬を赤くしながら口の中でもごもごと言う。

「だって……壮真さん……絶倫すぎなんですもん」

桃香の言葉を聞いて、壮真は小さく噴き出した。

「桃香がかわいすぎるし、そんな桃香を俺が好きすぎるんだから、仕方がないだろ」

桃香は緩みそうになる頬を膨らませてごまかした。

やがてオフィスビルが見えてきて、車はスロープを下って地下駐車場に着いた。

桃香は壮真と一緒に車から降りて、エレベーターに乗った。今日は誰にも会わないまま十階まで上がる。

「どうぞ」

壮真が社員用ドアを開けてくれて、桃香は小さく会釈をしながら中に入った。

「ありがとうございます」

そのときちょうどオフィスの明かりが灯（とも）った。電気のスイッチの方を見たら、清菜がいる。

「藤原さん、おはようございます」

「おはよう、桃香ちゃん。コーヒーメーカーに水を入れてくれる？」

「わかりました」

桃香が答えたとき、壮真がオフィスに入ってドアを閉めた。

「俺がやっておくよ。桃香ちゃんは俺の荷物を置いてきてくれるかな？」

桃香は迷うように壮真を見たが、彼が頷いたので、桃香は言われた通りにすることにした。

「わかりました。お水、お願いしますね」

桃香は壮真の手からビジネスバッグを受け取って、社長ブースに向かった。

「一緒に出勤してくるなんて……まさか妹の送迎まで始めたんですか？」

清菜の声にトゲが含まれていて、桃香は壮真のバッグの持ち手をギュッと握った。

聞こうとしなくても、桃香たち三人以外に誰もいない静かなオフィスでは、二人の話し声が聞こえてくる。

「妹なんかじゃない」

壮真の声が答えた。

「ああ、はいはい。妹みたいな、でしたね」

「妹みたいでもない。俺の大切な恋人だ」

壮真のきっぱりとした声が響き、清菜の低い声が尋ねる。

「恋人って……どういうことですか？」

「文字通りだよ。桃香ちゃんと付き合っている」

桃香は壮真のチェアにバッグを置きながら、緊張と不安で胸がドキドキするのを感じた。

今までの清菜の言動を考えたら、清菜が壮真を好きだったのは間違いないはずだ。

（藤原さん、きっとショックを受けるよね……）

桃香は心配したが、聞こえてきたのはあっさりした声だった。

「ああ、そうなんですか」

予想外の淡泊な反応に、桃香は思わずブースを出て清菜を見た。

清菜は桃香に背を向けているので表情はわからないが、その口調を聞く限り、ショックを受けてはいないようだ。

壮真が話を続ける。

「それから、聞きかじりの情報を元に、勝手に桃香ちゃんに嘘を言わないでくれ」

「嘘ってなんのことですか？」

清菜は他意のない口調で言った。身に覚えがない、とでも言いたげだ。

「桃香ちゃんに、翻訳業務を外注するから桃香ちゃんは必要じゃなくなるって言ったんだろう？」

「やだ、桃香ちゃんってばお兄さん、じゃなくて恋人の社長に告げ口したんですね！」

告げ口、と言われて、桃香は唇を引き結んだ。

「俺が東さんに話したのは、桃香ちゃんが休暇を取れるよう、桃香ちゃんが休む間、翻訳業務を外注しようって計画だ。それで、東さんに翻訳会社をいくつか探すよう指示を出したんだ。それなのに、君が聞きかじりの情報だけを桃香ちゃんに伝えたから、桃香ちゃんは会社を辞めようとしてたんだぞ。誤った情報を勝手に流さないでくれ。大切な社員に辞められては困るんだ」

「大切な社員じゃなくて、大切な恋人ですよね」

清菜の嫌みのこもった言葉を聞いて、壮真はため息をついた。

「桃香ちゃんだけじゃなく、ほかのみんなも大切な社員だ。根拠のない情報を鵜呑(うの)みにして辞められたら困るのは、ほかの誰でも一緒だ」

「……私もですか？」

清菜は探るような口調になった。

「もちろんだ」

「つまり、私が辞めても困るってことですよね？」

「ああ」

「そうですよね、私は創業直後からシャイニングブライトリーを支えてますしね」

清菜がチラリと振り返って桃香を見た。その表情は得意げだ。

「なにか不満があるのなら聞くが」

壮真に訊かれて、清菜はすぐに彼に向き直る。

「いいえ、大丈夫です。私のことも大切に思ってくださってるってわかってよかったです。桃香ちゃんには謝っておきます」

「そうしてくれ」

清菜は壮真に一礼し、桃香につかつかと近づいてくる。

「桃香ちゃん、聞こえてたわよね？」

清菜に聞かれて、桃香は小さく頷いた。

「はい」

「翻訳業務を外注するって話で、あなたが辞めなくちゃいけないって言ったのは、私の勘違いだったみたい。ごめんなさいね」

「あ、はい」

「それじゃ、今まで通りよろしくね」

清菜は普段と変わらぬ澄ました表情で言うと、総務部のシマに向かった。

そんな清菜の反応に、桃香は逆に戸惑うばかりだった。


その日のランチタイム直前、壮真は全社員に声をかけてフロアの中央に集めた。産休・育休中の社員二人を除いて、二十八人が壮真を囲む。

壮真は右手のスマホを掲げながら、全員の顔を見回した。

「企画開発部の尽力のおかげで、新しいランニング記録アプリの試作品が完成しました」

壮真が企画開発部の社員を手で示し、二人の男性と二人の女性が軽くお辞儀をした。残りの社員が彼らに拍手を送る。

「そこで、今週の土曜日に試用したいと思う。ランニングコースは大阪府東部にある山沿いのコースで、現地まで車で三十分ほどだ。時間は朝の七時頃。ランニングに参加できそうな人がいれば、ぜひ参加してほしい。もちろん、休日出勤になるので、特別手当を弾む。代休も取ってくれ」

『ランニング』と聞いて顔をしかめていた相川が、『特別手当』と聞いた瞬間、目を輝かせて右手を挙げた。

「質問です！　何キロ走るんですか？」

「三キロと五キロのコースがある」

「三キロと五キロかぁ」

「近くにランナーやハイカー向けのスパがあるんだ。露天風呂とレストランがあるから、帰りに汗を流して、食事をするのはどうかな？　もちろん会社の福利厚生として」

「温泉と食事も魅力的ですが……短くても三キロ……うーん」

相川は腕を組んで考え込んだ。桃香はおずおずと右手を挙げる。

「あの、私、参加――」

します、という桃香の声は、「私やります！」という清菜の大きな声で掻き消された。

「私、週に一度はジョギングやウォーキングをしてるから、五キロくらい、どうってことないですよ。足手まといになりそうなら、無理して参加しなくてもいいと思うけど」

清菜にトゲのある視線を投げられて、相川は小さく首をすくめた。

「でも、俺、車買いたいんで、金貯めたいんですよねぇ……」

「桃香ちゃんは無理でしょう？　そんなに細いし、スポーツしてなさそうだし」

確かに中学、高校と文化系の英会話研究部だったが、壮真と出会ってからは、たまに彼に誘われて一緒にテニスをしているし、この二年はシャイニングブライトリーの健活アプリでかわいいキャラを育てるために、定期的にウォーキングやランニングをしている。

「大丈夫です」

桃香の返事を聞いても、清菜は不満そうだ。

「そうなの？　私が桃香ちゃんの代わりに走るから、無理しなくていいのよ？」

「無理はしていません」

桃香に続いて相川が言う。

「高井戸さんが行くなら、俺も行こうかな。俺でも走れそうな気がしてきた」

「あら、普段運動してない人は無理しない方がいいわよ？」

清菜に言われて、相川は後頭部を掻きながら答える。

「いやぁ、まあ、たまに学生時代の友達に誘われてフットサルやってるんで……足は速くないですけど、たぶん大丈夫です」

フットサルとはサッカーに似ているが、コートやボールがサッカーよりも小さく、一チーム五人で試合が行われるスポーツのことだ。

特別手当に心引かれたのか、相川は決心した顔つきで右手を挙げる。

「よし、決めた！　俺も参加します！」

続いて企画開発部の男女が四人とも手を挙げた。

「現時点では俺と桃香ちゃんと藤原さん、それに相川くんと企画開発部の四人で八人か……。直前まで募集するので、参加できそうなら社内メールで知らせてください」

壮真の声に、社員が口々に「はい」「わかりました」と返事をした。

「やっぱりもう少し早く開発できればよかったですね。さすがに七月下旬じゃ、ランニング参加者はあまり集まりませんね」

企画開発部の女性が肩を落として言った。桃香より少し年上の真面目そうな女性だ。

「気にする必要はないよ。今回は本当に試用するだけだから。叩き台にした類似アプリは動作も機能も安定しているし、心配ないだろう」

壮真が声をかけ、女性はホッとしたように微笑んだ。

「さて、ランチタイムだな」

壮真は腕時計をチラッと見てから、桃香に向き直った。

今日は壮真が午後二時まで社外に出る用事がないので、朝来るときに一緒にランチを食べに行く約束をしていたのだ。

「桃香ちゃん、行こうか」

壮真が桃香に声をかけたとき、清菜の声が割り込んできた。

「どこへ行くんですか？」

壮真は振り返って清菜を見た。

「ランチだが」

「じゃあ、私もご一緒していいですか？」

清菜が壮真を見てから桃香に視線を向けた。

「いいわよね、桃香ちゃん」

「え」

入社してから今まで、壮真と一緒にランチに行った回数は数えるほどしかない。

（今日は付き合って初めて一緒にランチに行ける日だったのに……）

断ったらダメかなぁ……と思いながら、桃香が壮真を見たとき、社の代表電話が鳴り出し、奈央子が受話器を持ち上げた。

「お電話ありがとうございます。株式会社シャイニングブライトリーの東でございます」

奈央子はしばらく受け答えしていたが、「少々お待ちください」と言って電話を保留にした。

そうして顔を上げて辺りを見回し、壮真に声をかける。

「社長、エバーライジング株式会社の福永（ふくなが）社長が、今日の打ち合わせの時間を早めてほしいとおっしゃっています」

「福永社長は忙しい人だからなぁ」

壮真はため息混じりに呟いて、奈央子に顔を向ける。

「わかりました。電話を回してください」

壮真は社長ブースに戻って電話に出た。彼を待っている間、清菜が桃香に小声で問う。

「いったいいつから付き合ってるの？」

「二週間と少し前です」

「ふぅん、最近なのね。だったら、ちょうど恋に浮かれているところかしら。仕事に支障を来さないようにしなさいね」

（浮かれてるつもりはないけど……そう思われないように気をつけなくちゃ）

桃香は神妙な面持ちで「はい」と返事をした。

やがて壮真が電話を終えて戻ってきた。

手にはビジネスバッグを持っていて、表情は残念そうだ。

「桃香ちゃん、すまない。向こうの都合で、今から出なきゃいけなくなってしまった」

「そうなんですね」

桃香はがっかりして肩を落とした。それを見咎めて清菜が言う。

「仕事に私情を挟んだらダメでしょ」

「あ、そうですよね、すみません」

桃香は笑顔を作って壮真を見た。

「あの、気をつけて行ってきてくださいね」

「ああ、ありがとう。ランチはまた別の日に」

壮真は桃香の肩を軽くポンと叩いてオフィスを出ていった。

閉まるドアを見ていたら、清菜がトゲのある口調で言う。

「仕事に私情を挟んだらダメだって言ったばかりでしょ。そんなんじゃ、社長の恋人なんて務まらないわよ」

「気をつけます」

「どうして桃香ちゃんなのかしら。今までずっと〝妹〟だって言ってたくせに」

清菜がブツブツと零し始め、桃香は返答に困ってしまった。

「社長が『桃香ちゃん』って呼ぶから、私もあなたのことを妹のようにかわいがってそう呼んでたのに。もう面倒見なくても構わないわよね」

正直、清菜にかわいがってもらった記憶も、面倒を見てもらった記憶もあまりないのだが、桃香はとりあえず返事をする。

「あの、ええ、はい」

「それじゃあ、私はランチ、一人で食べに行くから」

言うなり清菜は桃香に背を向けて、さっさと社員用ドアに向かった。桃香は拍子抜けしつつ、清菜を見送った。

その五日後の土曜日。朝五時三十分に桃香はスマホのアラーム音で目を覚ました。眠い目をこすりながらアラームを止めたが、やっぱりまだ眠い。睡魔に負けてそのままうつ伏せになったとき、スマホが今度は軽やかな着信音を鳴らした。

「はっ」

桃香はパッと目を開けた。危うく二度寝するところだったことに冷や汗を掻きつつ、スマホを見る。

壮真からの着信だ。

「もしもし」

『桃香、おはよう。もう起きた？』

「ええと、今起きようとしたところです」

桃香の返事を聞いて、スピーカーから壮真の小さな笑い声が聞こえてきた。

『もう少ししたら桃香を迎えに家を出るけど、大丈夫かな？』

「はい。壮真さんが来る頃には準備しています」

『わかった。それじゃ、またあとで』

「はい」

桃香は通話を終了してベッドから下りた。

コーヒーメーカーをセットして、コーヒーが落ちる間、顔を洗ってランニングウェアに着替える。

有名なスポーツメーカーのウェアで、黒にピンクのラインが入ったスタイリッシュなデザインのシャツに、レギンスとショートパンツを合わせた。

休日によくランニングをする壮真はウェアを何着か持っていて、そのうちの一つとお揃いのものを、桃香は今日のために色違いで購入したのだ。

走りやすいように髪を一つにまとめたあとは、日焼け止めを塗ってナチュラルなメイクをした。

シリアルを食べてコーヒーを飲み終わったとき、ちょうど部屋のインターホンが鳴った。モニタに壮真が映っている。

「おはようございます。すぐに下りますね」

桃香は通話ボタンを押して壮真に伝えたあと、着替えや貴重品を入れたボストンバッグとスマホを持って部屋を出た。

エレベーターで一階に下りて、来客用駐車場に駐まっていた黒のＳＵＶに近づくと、壮真が中から助手席のドアを開けてくれた。

彼は黒に深い青色のラインが入ったランニングシャツにハーフパンツという格好だ。もちろん桃香と同じスポーツメーカーのものである。

「おはよう」

「おはようございます」

桃香が助手席に乗り込むと、壮真は身を乗り出して桃香の唇に軽くキスをした。

「体調はどう？」

「大丈夫です！」

「まあ、そうだよな。本当なら昨日から桃香と一緒に過ごしたかったのを、我慢したんだ」

壮真は少し拗ねたような口調で言った。

それがなんだかかわいく感じて、桃香は小さく笑みを零した。

「だって、壮真さんはきっと私を寝かせてくれないじゃないですか」

「まあ、そうだな。桃香が隣にいるのに、大人しく寝られるわけがない」

「壮真さんだってランニングに行けなくなりますよ」

桃香は言いながらシートベルトを引き出した。

「俺はそんなにヤワじゃないけどな」

壮真は桃香がシートベルトを締めたのを確認して、車をゆっくりスタートさせた。土曜日の早朝は交通量が少なく、壮真のＳＵＶはスムーズに走り、ランニングコースを目指す。

桃香は運転する壮真の横顔を見た。端整な顔立ちの彼は普段のスーツ姿もよく似合っている。でも、こうしたスポーツウェアは男っぽさが際立ってワイルドでかっこいい。

（カジュアルなシャツにチノパンとかジーンズっていうラフなスタイルもステキなんだよねぇ）

彼ならなにを着ても似合うだろうなぁ、と思ったとき、ロマンス小説のさまざまなヒーローが頭に浮かんだ。

（壮真さんなら英国貴族でも、カウボーイでも、孤高のスパイでも、なんにでもなれそう！意外と中世の騎士もいいかも……）

逞しいし、剣を持たせたら似合いそう、などと妄想していたら、壮真が不思議そうな声を出す。

「なにを考えてるんだ？」

「んー、壮真さんが剣を持ったらどうなるのかなって」

「剣？　俺が？　それはどういうシチュエーション？」

壮真の横顔が目を見開き、桃香は妄想の中で彼にいろんなコスチュームを着せていたことを悟られまいと、素早く話題を転換する。

「いえ、なんでもないです。それより、今日は結局何人参加するんですか？」

「俺と桃香を入れて十四人だよ」

「わあ、社員の半分が参加するんですね！」

「やっぱり企画開発部は自分たちで使って確かめたいって気持ちがあるみたいだし、営業部は売り込む際に詳しく知っておく方がいいっていうのがあるんだろうな」

「ああ、確かにそうですよね。最近ではスポーツクラブとかが健康管理アプリに注目してるみたいですもんね」

桃香も翻訳するとき、対象について詳しく知っている方が格段に訳しやすいことを思い出した。

三十分ほど走ると、大阪府東部にある総合公園の広い駐車場に到着した。

ＳＵＶから降りたら、爽やかな朝の空気に包まれた。

七月最後の日曜日だが、公園が山の麓にあるのと、午前七時前という時間なのもあって、思っていたほど気温は高くない。

「このくらいなら、三キロ走っても大丈夫そうかな？」

壮真が運転席から降りて言った。

「もちろんです！　心配しないでください」

桃香はスマホを出して、アームバンドのポケットに入れた。スマホにはもちろん、試作品のランニング記録アプリをあらかじめインストールしてある。

アームバンドを腕に巻こうとしたら、壮真が車の前を回って桃香に近づいた。

「着けてあげる」

「ありがとうございます」

壮真は桃香の手からアームバンドを取って、桃香の左の二の腕に巻きつけ、面ファスナーを留めた。

「きつくない？」

「はい、大丈夫です。壮真さんのも着けてあげますね」

桃香は壮真のアームバンドを受け取り、同じように彼の左の二の腕に巻きつけた。相変わらず逞しい上腕筋だ。

「このくらいでいいですか？」

「ああ、大丈夫だ。ありがとう」

壮真は言って、左手で桃香の右頬を軽く撫でた。

「途中で体調が悪くなったりしたら、すぐに言うんだよ」

桃香は頬に触れる壮真の手に自分の右手を重ねた。

「体力はある方なので、大丈夫です」

桃香が答えたとき、隣の駐車スペースに青のＳＵＶがゆっくりと滑り込んできた。運転席に陸斗の姿が見える。

「おはようございます、社長、高井戸さん」

陸斗は運転席から降りて挨拶をした。彼はスポーツブランドのロゴが胸元に入ったダークグレーのＴシャツにハーフパンツを合わせている。

「おはよう」

「おはようございます」

壮真と桃香が挨拶を返している間に、助手席から清菜が、後部座席から相川が降りてきた。

相川も陸斗と同じようなウェアだったが、清菜は体にぴったりフィットした鮮やかな赤のランニングシャツに黒のショートパンツとレギンスという格好だった。

「おはようございます」

それぞれが挨拶をしたあと、相川が眠そうな顔で目をこする。

「うー、五時半起きはつらいですね」

「無理して来なくてもよかったのに」

清菜が呆れの混じった口調で言った。

「いや、無理してないです。特別手当のためなら大丈夫です」

相川はシャキッと背筋を伸ばした。桃香は陸斗を見る。

「中谷くんも特別手当目当てなんですか？」

陸斗はチラリと壮真を見てから答える。

「いや、社長に頼まれたんだ」

「えっ、そうなんですか？」

「『もし予定がないなら参加してくれないか？　藤原さんと相川くんを乗せてあげてほしいんだ』って言われたからね」

陸斗の言葉に対し、清菜が不満そうな声で言う。

「私は別に社長の車でもよかったのに。だけど、社長が『俺の車は桃香ちゃん専用だから』なんてシスコンみたいなことを言うから」

清菜は口調と同じく不満たっぷりの目で桃香を見た。

陸斗は桃香の方に体を傾けて小声で尋ねる。

「社長とのこと、いつまで秘密にするの？」

「いえ、壮真さんは付き合ってるってはっきり言ってくれたんですけど」

桃香は月曜日の朝の出来事を思い出しながら言った。桃香と壮真のことを知ったら、清菜はショックを受けるだろうと心配していたのに、『ああ、そうなんですか』というあっさりした反応だった。

「そうなのか。それなのになんであんなことを言うんだろうね」

陸斗が不思議そうな顔で呟いたとき、壮真が桃香と陸斗の間に割って入った。

「中谷くんはもうアプリをセットしたのか？」

「あ、はい。ちゃんとインストールして、身長とか年齢とか、データも入力しました」

陸斗はすでに左腕につけていたアームバンドを軽く叩いてみせた。

その横で、相川が「あっ」と声を上げる。

「すみません、俺、まだインストールしてませんでした」

彼は慌ててハーフパンツのポケットからスマホを出して操作し始めた。その間に今度はコンパクトカーとミニバンとワゴンが駐車場に入ってきて、残りの九人の社員が揃った。

桃香と清菜を含めて女性六人、壮真たち男性八人の合計十四人だ。

壮真はSUVに積んでいたスポーツドリンクのペットボトルを全員に配った。

「ありがとうございます」

桃香は車の中のクーラーボックスに置いていくことにしたが、清菜など数人の社員はウエストにつけたポーチやボトルホルダーにドリンクを入れている。

貴重品はコインロッカーに預けて、ランニング前にそれぞれストレッチをしたあと、ランニングコースに並んだ。

三キロと五キロは途中まで同じルートを走る。

三キロは公園とその先の池を回って駐車場に戻るが、五キロは公園の手前でカーブを曲がって、坂道を上って下って再び池の横で三キロのルートに合流するのだ。

桃香は三キロ、壮真は五キロのコースを走る。

「それじゃ、みんな自分のペースで走ってくれ。つらくなったりしんどくなったりしたら、無理せず休んでほしい。怪我（けが）にも気をつけて。なにかあったら電話で連絡してくれ」

「はーい」

「了解です」

「わかりました」

めいめいが返事をして、自分のタイミングで走り始めた。

桃香が走り出すと、壮真が隣に並ぶ。

「壮真さんは普段から走ってるから、私より絶対速いですよね？　ちゃんと自分のペースで走ってください」

桃香が言うと、清菜が言葉を差し挟む。

「そうですよ。なんのためのアプリの試用ですか。ちゃんと走らないと意味がないですよ」

壮真はため息をついて、小さく首を横に振った。

「桃香ちゃん、気をつけて」

「はい」

桃香の返事に軽く頷き、壮真はペースを上げた。

桃香は無理せず普段ランニングをするときのようにゆっくり走ることにした。桃香よりも遅い相川と、桃香の少し前を走る清菜を除き、残りのメンバーは壮真に続く。

（みんな足速いんだぁ……）

桃香は感心しながらも、自分のペースを維持した。山の麓のランニングコースは両側に背の高い木が並んで日陰になっていて、肌を撫でる穏やかな風が心地いい。

壮真や陸斗の姿はもう見えなくなってしまった。

やがて、ウォーキングをしている高齢の男性や夫婦を何人か追い越した。リズミカルに走っているうちに楽しくなって、ぐんぐん足を動かす。

（こういうところを走るのって楽しいかも！）

けれど、五分もしないうちに体と足が重くなってきた。

（あれ、ちょっと調子に乗って飛ばし過ぎちゃった……？）

ペースを落としながら一・五キロ地点の手前にある公園に差しかかると、少し先で清菜が立ち止まってペットボトルのスポーツ飲料を飲んでいる姿が目に入った。

桃香が走りながら清菜を追い越そうとしたとき、清菜はウエストに巻いたボトルホルダーにペットボトルを差し込んだ。けれど、手が滑ったのか、ペットボトルはホルダーに収まらずにするりと落ちた。

「あっ」

突然足元にペットボトルが転がってきて、避けようとしたが間に合わなかった。桃香はペットボトルを踏んで、バランスを崩して前のめりに倒れる。

「きゃあっ」

とっさに両手を伸ばしたので、顔から転倒せずに済んだものの、地面についた膝と手のひらがじんじん痛む。

「やだ、桃香ちゃん、大丈夫？」

清菜がさっと地面に片膝を突いて桃香の肩に手を置いた。

「う……」

桃香はその場にぺたんとお尻を着いて座った。

レギンスを穿(は)いていたので膝は無事だったが、手のひらは擦りむいて血が出ている。

「ごめんなさい。わざとじゃなかったのよ」

「あ、はい……」

桃香は両手についた砂を軽く払った。清菜はペットボトルを拾い上げて、ウエストのホルダーに差し込む。

「この様子じゃ……桃香ちゃん、もう走るのは無理ね。このままだと足手まといになるだけだから、歩いて駐車場に戻ったら？　戻る方が近いでしょ？」

「いえ、大丈夫です。走れます」

桃香はゆっくりと立ち上がった。そのとき、相川が追いついて、桃香の横で足を止めた。彼は肩で息をしながら言う。

「はぁ、はぁ……俺、もう走りたくな、じゃなくて、走れないんで、高井戸さんに付き添って駐車場に戻りますよ」

清菜は呆れた口調で相川に言う。

「なに言ってるのよ。ランニングが苦手な人のデータが取れるんだから、相川くんはちゃんとゴールまで走りなさい」

「えー……」

相川は情けない顔をした。桃香は清菜に顔を向ける。

「私も大丈夫です。あとから行きますから、藤原さんは先に行ってください」

「もう！　わからない子ね。邪魔だって言ってるのよっ」

突然、清菜がいら立たしげに吐き捨て、桃香は驚いてまじまじと彼女を見た。清菜は今まで見たことがないくらい険しい目つきで桃香を睨む。

「藤原さん……？」

「どうして？　どうしてなの⁉」

清菜が桃香に詰め寄り、桃香は反射的に一歩後退った。

「な、なにがですか？」

「私はね、シャイニングブライトリー創業直後から……あなたが入社してくる二年も前から、社長のそばにいたの。社長を支えてきたの！　それなのに、どうしてあなたなの⁉　社長に甘えて、頼ってばかりなのに。ずるいわ。あなたなんかのどこがいいの⁉」

「えっと、藤原さん？」

相川が戸惑った様子で清菜に声をかけた。

清菜はキッと相川を睨む。

「こんな子のどこがいいのよ⁉　私より背が低いから？　若いから？　かわいいから？　ねえ！」

清菜が相川に顔を向け、相川は困惑顔で胸の前に両手を挙げた。

「えっ、あの、俺、別に高井戸さんのこと、いいと思っては……いや、まあ、かわいいなとは思いますけど……」

そのとき、壮真の鋭い声が飛んできた。

「桃香、大丈夫かっ⁉」

顔を向けたら、壮真が走ってくる姿が見えた。

もう合流地点まで走ってきていたらしい。

「壮真さん⁉」

壮真はあっという間に桃香に駆け寄って、桃香の両肩を掴んだ。

「ペットボトルに足を取られて転んだだろう⁉　怪我は？」

「あ、はい。あの……ちょっと手のひらを擦りむいたくらいです」

「足は？」

「膝をぶつけましたけど、大丈夫です」

「いや、まだ判断するのは早い」

壮真は辺りを見回し、公園の中にある木のベンチに目を留めた。

「桃香」

そうして桃香の背中と膝裏に手を添えて、桃香を横抱きに抱き上げた。

「え、きゃっ」

桃香は驚いて声を上げたが、壮真は構うことなく、彼女をお姫さま抱っこしたままベンチに運んで座らせた。

桃香の前に片膝を突いて、ランニングシューズを履いた桃香の足を持ち上げる。

「足首は？　捻ってない？」

壮真が足首を指で触り、桃香は頬を赤くしながら答える。

「はい。大丈夫です」

「膝は？」

「レギンスを穿いてるので……軽い打ち身くらいかと」

壮真は桃香の足をあちこち触って確かめていたが、腫れている様子がないのを確認して、大きく息を吐き出した。

「よかった。大丈夫そうだな」

「だから、大丈夫だって言ったじゃないですか」

「うーん、桃香の大丈夫はあまり信用できないんだよな」

「えっ」

「桃香は俺を安心させようとして、無理して笑うことがあるだろう？」

壮真は言って立ち上がり、桃香の髪をくしゃっと撫でた。

「駐車場までおんぶしていこう」

壮真が真顔で言い、桃香は目を剥いた。

「ええっ、ほんとに大丈夫ですってば！」

「じゃあ、抱っこは？　さっきみたいにして運んであげる」

「と、とんでもない！」

桃香は首を小刻みに左右に振った。そこへ清菜がつかつかと近づいてくる。

「社長、なにやってるんですか！　アプリのデータが取れないじゃないですかっ。大切な仕事の邪魔をするなんて、桃香ちゃんは本当に足手まといなんだからっ！」

清菜の言葉を聞いて、壮真の表情が一瞬にして険しくなった。

「桃香より大切なものなんてない」

表情同様険しい壮真の声を聞いて、清菜は小声になった。

「でも……」

「データはまた走れば取れる。中断したことが不満なら、俺が別の日に来て一人で走るさ。何回だって走ってやる」

「そ、そういうことじゃなくて……」

清菜が言いよどみ、壮真は清菜を正面から見据えた。

「確かに創業直後に入社してくれた藤原さんたちには、シャイニングブライトリーを長く支えてもらっている。そのことには普段から感謝しているよ。だが、俺は藤原さんより遅く入社した社員のみんなにも同じように感謝している。その気持ちは、シャイニングブライトリーで働く期間の長短に関係ない」

「でも、月曜日に、私が辞めても困るって言ってくれたじゃないですか！」

清菜は声を絞り出すようにして言った。

五日前に、聞きかじりの情報を桃香に伝えたことで、壮真が清菜に注意したあと、『桃香ちゃんだけじゃなく、ほかのみんなも大切な社員だ。根拠のない情報を鵜呑みにして辞められたら困るのは、ほかの誰でも一緒だ』と言ったのを引き合いに出しているのだろう。

「確かにそう言ったが」

「だったら、私を選んでください！　私と結婚してください！　そうしないと、私、シャイニングブライトリーを辞めますよ！」

「……それは俺を脅しているのか？」

壮真は目を細めて清菜を見た。

壮真の低い声に怒気が混じっていて、清菜は目を伏せて小声になる。

「あの、そうではなくて、その、私、実家が旅館を経営してて……三十歳になったら女将修業を始める約束だったんです。でも、三十歳になるまでに結婚して家庭を持っていたら、旅館を継がずに済むから……」

「それで俺と結婚したい、と？」

清菜は無言で頷いた。

壮真は厳しい口調のまま続ける。

「藤原さんが実家の事情で退職しなければならないのだとしたら、それは残念に思う。だが、たとえ藤原さんに辞めてほしくないと思っても、俺が君と結婚することはない。どんな選択肢にしろ、選びたくないなら自力で闘うべきだ。俺や桃香を巻き込まないでくれ」

清菜は返す言葉を失ったかのように唇を引き結んだ。

壮真は表情を和らげて言う。

「それから、全部だ」

「は？」

清菜は怪訝な顔になって壮真を見た。

「桃香のいいところ。藤原さんが相川くんに『こんな子のどこがいいの⁉』って訊いてたから、俺が直接答えておく。全部だ。そもそも桃香は努力家でがんばり屋さんだが、桃香が甘えて頼ってくれても、俺は嬉しい。桃香に信頼されているんだって自信が持てて、力が湧いてくる。強くなれる。桃香の存在が俺を支えてくれるんだ」

壮真の言葉は桃香を丸ごと肯定してくれていた。

それが嬉しくて、桃香は胸が温かくなる。

「それだけじゃない。桃香は俺の全部を受け止めてくれるんだ。かわいくて、きれいで、愛らしくて——」

「そ、壮真さん⁉」

いったいなにを言い出すのかと桃香が慌てたとき、小さく咳払いの音が聞こえた。

そちらに顔を向けたら、陸斗たちがいる。いつの間にか壮真に追いついていて、壮真と清菜のやりとりを見ていたのだ。

企画開発部や営業部の社員はぽかんとした顔つきだったが、陸斗はニヤニヤ笑って言う。

「社長、それって交際宣言と受け取っていいんですか？」

陸斗に気づき、壮真は片方の口角を引き上げてニッと笑った。

「溺愛宣言だ」

陸斗がヒューッと口笛を吹き、桃香をいたずらっぽい目で見る。

「ついでに高井戸さんも宣言しておく？」

「それはいいな」

壮真が期待するような眼差しで桃香を見た。状況を把握した残りの社員は、桃香にニヤけた顔や意味深な視線を向ける。

「えっ、そ、それは……」

桃香は恥ずかしくて耳まで真っ赤になった。

「ここで宣言しておいたら、社長は高井戸さんのものだってわかって、誰も社長を狙おうとしなくなるんじゃないかな？」

陸斗が含み笑いをするので、桃香は指先をもじもじ絡めながら、上目遣いで壮真を見た。彼は桃香が宣言すると信じているような表情だ。

その期待を裏切ることはできないけれど……恥ずかしいものは恥ずかしい。

「……そ、壮真さんは！　わ、私の〝兄〟じゃなくなりましたっ」

それだけ言うなり桃香はランニングコースを走り出した。膝はまだ少し痛むが、そんなことより今は恥ずかしさの方が勝る。

「桃香、それじゃちゃんと伝わらない！」

壮真の抗議の声が追いかけてきたが、無視して走り続けた。けれど、すぐに追いかけてくる足音がして、壮真が桃香に並ぶ。

「桃香」

「んー、もう！　壮真さんは私の大切な人なので、誰にも渡しませんっ」

桃香はやけになってそう叫んだが、公園に取り残されていた陸斗たちの耳に届いたのかは、定かではない。

そんなランニングコースでの溺愛宣言から、二週間が経った。

溺愛宣言の直後、壮真と桃香が付き合っていることはすぐに全社員に広まったが、それまでの二人を見ていたからか、みんな温かく受け入れてくれた。清菜はと言えば、結局両親との約束を守るため、辞表を提出した。九月末で退職する予定で、現在は新たに採用した後任の社員の教育を行っている。

なんとも平和な日々だ。

昨夜の金曜日、仕事を終えた壮真が桃香の部屋に来て、例のごとく日付が変わるまで啼かされ……今は気怠い土曜日の朝を迎えたところだ。

「桃香、おはよう」

頬に軽く口づけられて、桃香はゆっくりと目を開けた。ライトグリーンのカーテンの外はすっかり明るくなっている。

「おはようございます、壮真さん」

壮真に腕枕されたまま目覚めるなんて幸せだ。

桃香は体をぐーっと伸ばした。夜中過ぎまで思う存分イチャイチャして、惰眠を貪る。そんな退廃的な休日の過ごし方にも、最近ではすっかり慣れてしまった。

「桃香は読書家だな。たくさん本が並んでる」

壮真が視線でベッドのヘッドボードを示したので、桃香は頬を染めながら小声で答える。

「あー……ロマンス小説ばっかりですけど」

「翻訳ものなんだな」

「はい。ヒーローがかっこいいし、ロマンチックなシチュエーションで甘いセリフを言ってくれるし、必ずハッピーエンドになるのがいいんです」

「……俺よりもかっこいいのか？」

壮真が不満そうな声を出した。彼が拗ねた様子なので、桃香は壮真の胸にぴたりと頬を寄せる。

「壮真さんとなんて比べられません！　壮真さんは私のヒーローなんですから」

その言葉で機嫌が直ったらしく、壮真の声が明るくなる。

「これからもそうあり続けられるよう努力しなくちゃな。それで、今はどれを読んでるの？」

「今はそこのじゃなくて、パソコンデスクの上に置いてあるのを読んでます」

「どんなストーリー？」

「まだ途中までしか読んでないんですけど……」

桃香は洋書コーナーで買った〝ハロウィンの夜に始まる恋〟のあらすじを説明する。

「ハロウィンパーティで初めて会ったとき、大企業の御曹司であるヒーローはオペラ座の怪人の仮装をしてて、ケータリング会社の社員のヒロインはメイドの格好をしてたんです。その日に心が惹かれ合って……その、オフィスビルの屋上でシちゃうんです。次にクリスマスパーティで再会したとき、お互いすぐに相手に気づくんですが、ヒロインは身分差を気にして、あのメイドは自分ではないって言い張るんです。そうしたら、ヒーローは……『口では否定しても、体は嘘をつけないはずだ』って言って……」

桃香は顔を赤くして口をつぐんだ。

「そのあとどうなるんだ？」

壮真は笑みを含んだ目で桃香を見た。

「そ、想像つきますよね？」

「うーん、わからないなぁ」

壮真は小首を傾げて見せた。絶対にとぼけている表情だ。

「もう、壮真さん！　ほんとはわかってますよね？」

「桃香が教えてくれないなら、自分で読んでみようかな」

「えっ」

壮真は腕枕をそっと引き抜いた。上体を起こして手を伸ばし、パソコンデスクの上のペーパーバックを手に取った。表紙を見ながらベッドの縁に腰かける。

「へえ、英語で読んでるのか」

「あ、はい。勉強も兼ねて」

壮真は桃香が栞(しおり)を挟んでいたページを開いた。彼がさっと目を通すのを見ながら、桃香は頭の中であれこれ考える。

（あのあと……すっごくエッチなシーンになるのに……）

桃香は気恥ずかしくなりながら壮真の隣に座った。本を覗き込んだら、ちょうど再会したヒロインとヒーローの二度目のＨシーンだ。

「ふぅん」

壮真は呟くように言って本をデスクに戻した。

「だいたいわかった。こういうことだな」

壮真は桃香の右手に左手を重ねて、本の中のヒーローのセリフを日本語で言う。

「『君の言うことが本当かどうか、この体に訊いてみよう――』」

そうして桃香のパジャマの下に手を入れて肌をゆっくりと撫でた。

「『寒くない？』」

壮真に訊かれ、桃香は「えっ？」と声を上げた。

「本では十二月の屋上だったから」

「あ、そうでしたね」

そう納得しつつも、壮真の大きな手にお腹から胸へと円を描くように撫でられて、桃香は腰の辺りが淡く震えるのを感じた。

「あの、でも、再現する必要、あります？」

壮真の手が胸の膨らみを包み込み、柔らかく握った。手のひらが何度もかすめ、頂がツンと尖ってその存在を主張する。

「桃香の体はしてほしそうだけどな」

尖りを指の間に挟んでゆっくりと刺激しながら、壮真は桃香の唇に唇を重ねた。

「ん」

舌先で唇をなぞられ、桃香は唇を開いた。その隙間を彼の舌が滑り込んで、口内をじっくりと舐め回す。

壮真の舌が誘うように桃香の舌先に触れ、桃香は応えるように舌を絡ませた。それをそのまま吸い上げられて、頭の芯がじん、と痺れる。

「は……あ」

彼の手が微妙な強弱をつけて胸の先端を刺激し、そこから広がる疼きが下腹部へと伝わっていく。

どれだけ肌を重ねても、壮真の手に触れられたら、彼が欲しくなってしまう。

「壮真さん……」

桃香は壮真の首に両手を回した。

壮真の手がパジャマのボタンを外した。肌をくすぐるようにしながら滑り降りて、パジャマとショーツの下に差し入れられる。長い指が脚の間に侵入し、秘裂をなぞった。その指先が中にゆっくりと沈み込む。

「ふ……あっ……んっ」

難なく受け入れたそこがすでに潤っていることが、自分でもわかった。

壮真が首筋に口づけ、指先で割れ目の中を浅く探る。そのもどかしい刺激がたまらず、ねだるように脚を開いてしまう。

「『君はこの前もこんなふうに感じてたんだ』」

これも小説の中のセリフだ。けれど、そうだとわかっていても、壮真の低く甘い声で囁かれたら、思考がとろけそうになる。

『やっぱり体は正直だな。俺のことを覚えている』

壮真の長い指が沈み、蜜壺を愛撫するたびにくちゅくちゅと水音が響く。

「んっ」

「俺が触ると君はいつも感じるんだ。この間だけじゃなく、最初からずっと」

壮真は笑みを含んだ声で言った。

指の動きが激しさを増して、疼くような快感が高まり、桃香は喘ぎながら声を出す。

「そんなセリフ……ヒーローは言ってなか……った」

小説のセリフは『それでも君は俺を知らないと言うのか』だったはずだ。

「そうだな。だが、今俺が言うなら、〝どこがいいのか、どうされるのが好きなのか、君の体のことは知り尽くしてる〟だ」

壮真は言って胸の尖りを舌先で弾いた。

予期していなかった胸への刺激に、桃香の腰が跳ねる。

「ひゃんっ」

「桃香はどこもかしこも甘いんだ」

壮真が胸を啄み、桃香は悩ましい思いで眉を寄せた。

「壮真さんの……声だって……甘いです」

「桃香を食べてるからだろうな」

笑みを含んだ声で言って、彼の舌が丸い膨らみを味わうようにねっとりと這った。さっきのような刺激が欲しいのに、彼の舌先は突起に触れずに周囲を舐めるだけだ。

「ん……んぅ」

壮真にいいように翻弄されてばかりなのが悔しくなる。

「そ……まさんだって、きっと甘いはずです」

桃香は首を伸ばして壮真の耳たぶを口に含んだ。彼がいつもするように、耳たぶを甘噛みして耳孔に舌を差し入れる。彼にピチャピチャと音を立てて耳を舐められたら、頭の芯まで痺れてたまらないのだ。

(壮真さんにも同じように……)

壮真の耳に意識を集中させる。直後、無防備になっていた蜜壺が、指先でぐるりと掻き回された。

「やぁんっ」

同時に尖りを甘噛みされて、体がビクンと跳ねた。

「俺を煽(あお)るなんて、悪い子だな」

壮真は蜜口から指を引き抜き、桃香を軽く睨んだ。桃香は負けじと強い眼差しで彼を見つめる。

「私だって壮真さんを食べたいです」

「俺を食べるって、どうするの？」

壮真がスッと目を細めた。挑むようなその眼差しは野性味があって、ドキドキするとともにゾクゾクする。

「こうします」

桃香は壮真のパジャマのボタンに手をかけて一つずつ外した。

前をくつろげ、張りのある筋肉質な肌に手を這わせる。そうしながら首筋にそっとキスをすると、壮真が小さく息を呑んだ。

厚い胸板を撫でたら、小さな粒が硬く自己主張をする。充血したそれがどうにも愛おしくて、桃香はそっと舌を這わせた。

（甘噛みしたらどうなるんだろう……）

少しの好奇心といたずら心でカリッと歯を立てたら、壮真はビクリと体を震わせた。

「うっ」

思わず零れたその声は悩ましげだ。

いつも桃香を支えて引っ張ってくれる壮真。奈央子には『大したことない』と言われた年の差だけど、頼りがいのある壮真は桃香にとってずっと大人に見えた。

そんな彼が今、桃香に翻弄されそうになっているのだ。

桃香は胸を熱くしながら、彼のパジャマのズボンに手を伸ばした。柔らかな布の上からでも、その下にあるモノが硬く天を仰いでいるのがわかる。

桃香はパジャマとボクサーパンツの中にそっと手を滑り込ませた。

「桃香……」

壮真が熱い吐息混じりの声で名前を呼んだ。

直に触れた欲望の塊は、とても硬くて熱い。それを握ってそっと手を上下に動かしたら、壮真は切なげに眉を寄せた。

自分が彼にそんな表情をさせているのだと思うと、嬉しくなる。

（いつも私にしてくれているみたいに、壮真さんにも気持ちよくなってほしい）

彼が感じる顔をもっと見たくて、桃香はぐっと深く握った。

「くっ……」

強弱を加えながら手を動かしてみるが、壮真は耐えるように顔を歪め、唇を引き結んだ。

（壮真さんにも乱れてほしい）

桃香はベッドから下りた。壮真の脚の間に跪き、パジャマのパンツとボクサーパンツをずらす。

「桃香？」

壮真の戸惑った声を聞きながら、桃香は屹立した怒張の先端にそっと口づけた。舌を這わせた途端、苦い味がする。

「んっ」

それは桃香に感じてくれている証拠だ。

桃香は上目で壮真の反応をうかがいながら、形に添ってゆっくりと舌を動かした。彼の呼吸が荒くなり、どこがいいのかわかってくる。唇を引っかけたり、強く吸い上げたりすると、そのたびにそれは硬度を増していく。

「ああ、桃香」

壮真は切なげな表情で桃香の両肩を掴んだ。桃香が驚いて顔を上げた次の瞬間、彼は桃香の前に跪き、片手で後頭部を押さえて襲いかかるようにキスをした。逆の手で胸の膨らみを包み込み、荒々しく揉みしだく。

「ん、待って。まだ……壮真さんを……気持ちよくしてあげられてない……っ」

桃香はキスの合間にどうにか言葉を発したが、胸の先端を指の腹でつままれて、たまらず声を上げた。

「やぁんっ」

「俺は桃香のナカで気持ちよくなるのが一番好きだ」

壮真は言うなり桃香の手首を掴んで引き起こし、両手をベッドに突かせた。桃香は壮真の方にお尻を向ける格好になる。

「もう挿れてもいいか？」

壮真が背後から覆い被さるようにして、欲情に満ちた低い声で囁いた。首を捻って肩越しに見たら、熱を宿した壮真の瞳と視線が絡まる。

「桃香が欲しくて我慢できない」

壮真は桃香のパジャマとショーツをずらして、硬く屹立している自身を蜜口に押し当てた。

「私も壮真さんが欲しいです」

桃香が答えた途端、後ろから一気に突き入れられた。

「あぁっ」

いきなり奥まで貫かれて、桃香はたまらず高い声を上げた。すぐさま腰を掴まれ、後ろから何度も穿たれ、ナカを掻き乱される。

「はあ……ん……すごく……気持ちいい……」

「桃香は後ろから深く突かれるのが一番好きだろう?」

「あ、あぁっ……ん、でも……壮真さんとなら……全部……好きっ」

「……桃香は俺を煽りすぎだ」

壮真は背後から左手を胸に伸ばした。後ろから揉みしだかれ、先端を指先で転がされる。それだけでもたまらなく気持ちいいのに、右手でつながり合っている部分の少し上、ぷっくり熟れた芯をつままれた。

「やぁあんっ」

あまりの刺激に桃香は背をしならせた。お尻を彼に押しつけるような格好になってしまい、ナカを満たす圧迫感に喉が詰まりそうになる。

「そ……まさ……うっ……あぁっ……」

いつもより性急に突き上げられ、桃香の腰も勝手に揺れ動く。

「あ……や……ダメ……イッちゃうぅ……」

体を張り詰めさせたら、いっそう激しく腰を打ちつけられた。最奥を荒々しく突かれ、その衝撃が背筋を駆け上がって頭を痺れさせる。

「あうっ、あっ、壮真さ……っ、あぁぁーっ、」

激しい快感に襲われ、桃香はたまらず大きく背を仰け反らせた。

快感の波が少しずつ収まり、桃香はシーツに頬を押しつけた。桃香のナカから彼自身が引き抜かれ、その刺激に腰が震える。

「ひぁ、あ……」

それがまだ硬いままだということに気づいたときには、壮真に横向きに抱きかかえられていた。

「桃香」

壮真はそっと桃香をベッドに寝かせて、桃香の肌に優しくキスを落としていく。達したばかりの肌は敏感になっていて、肩に、鎖骨に、彼の唇が触れるたびに、全身に淡く余韻が走る。

「桃香がさっき言ったこと、覚えてる?」

壮真が桃香の胸に唇を触れさせたまま言った。その甘い刺激に肌を震わせながら、桃香は口を動かす。

「さっき……って?」

「俺となら全部好きって。そう言っただろ?」

桃香は数分前、彼に激しく突き上げられながら言った言葉をぼんやりと思い出した。

「あ……はい」

さっきみたいに後ろから突かれるのも激しくて好きだが、そもそも壮真と肌を重ねるだけで、胸がいっぱいで幸せな気持ちになるのだ。

そんなことを思っていたら、壮真は桃香の両足を肩にかけて、まだ余韻に震える蜜口に剛直を押し込んだ。

「あぁっ」

熱の塊がとろけた蜜壁をこすり上げ、奥まで侵入する。

「う、あぁっ」

いつもと違う部分を抉られて、思わず腰が浮いた。

壮真は桃香のふくらはぎにキスをして、ゆっくりと腰を動かし始めた。奥を抉られるたびにナカから熱いものが零れ出て、ぐちゅぐちゅと淫靡(いんび)な音が高くなる。

「どんどん溢れてくる。これも好きなんだな」

足を持ち上げられているせいで、つながり合っている部分が壮真の視線にさらされている。それがたまらなく恥ずかしい。

「やだぁ……」

「俺に見られて感じてるんだろう？　締めつけが強くなった」

「壮真さんは……ほんとに意地悪……」

けれど、壮真に言われた通り、自分のナカがうねるように収縮するのがわかる。そのせいで快感が強くなって、今すぐにでも達してしまいそうだ。

「あ……ふ……私……もう……っ」

身をよじろうとする桃香に、壮真はギュッと腰を押しつけた。内臓を押し上げられているのかと思うほど奥深くまで突き立てられて、桃香はビクビクと体を震わせる。

「ひあっ……あっ、イク、イッちゃう……あ、ああっ！」

強烈な快感が体中を駆け巡った。それなのに壮真が律動を緩めず、桃香はシーツをギュッと握りしめる。

「や、ダメっ、も……あ、はぁんっ、壮真さんっ」

名前を呼んだ直後、彼が眉を寄せた悩ましげな表情で大きく突き上げ、桃香の奥で弾けた。

「ああ、桃香」

壮真は崩れるようにベッドに横になりながら、桃香を腕の中に抱いた。少しでも彼のそばにいたくて、桃香は彼の背中に手を回して、汗ばんだ熱い肌を重ねる。

お互い荒い呼吸を繰り返しながら、快感の余韻を貪るようにキスをする。

「桃香……」

「壮真さん……」

やがて呼吸が落ち着き、桃香は壮真の胸に頭をもたせかけた。耳元で穏やかに打つ壮真の鼓動は、桃香の頭に響く拍動と共鳴しているかのように、同じリズムを刻んでいる。

(ずっとずっと壮真さんと一緒にいられますように)

心の中で祈るように呟いたとき、壮真が桃香の唇にキスを落とした。

「桃香、俺の部屋に引っ越してこないか？」

「……いいんですか？」

「ああ。桃香にずっとそばにいてほしいんだ」

心の中で願ったのと同じ言葉。それを大好きな人に言われて、目の奥がじんわりと熱くなった。

「嬉しいです。私もずっと壮真さんのそばにいたいと思ってました」

桃香の返事を聞いて、彼が嬉しそうに微笑み、もう一度桃香に口づけた。壮真の表情もキスも、とろけそうに甘かった。

最終章　イケメン社長は小説よりもロマンチックを目指す

十月中旬の土曜日。桃香が壮真の部屋に引っ越してきてからもうすぐ二ヵ月になる。

今日は神戸市内のカジュアルフレンチのレストランで早めの夕食を食べたあと、壮真の運転で兵庫県にある天文台を目指していた。

大きな天体望遠鏡で夜間星座観測ができるだけでなく、敷地内にはバーベキューのできる広場や宿泊できるロッジもあるのだ。

高速道路を走っているうちに、桃香は眠たくなったらしい。気づけば、ヘッドレストに頭を預けて目を閉じていた。ゆっくり寝かせてあげたくて、サービスエリアに寄ることにする。

壮真はいつも以上に安全運転で車を走らせて、サービスエリアの広いパーキングに駐車した。

フロントガラスの向こうでは、秋の空に夜の帳が下り始めていた。天気予報では今夜も晴れるそうだから、星がきれいに見えるだろう。

壮真は助手席に視線を向けた。

桃香はマスタードイエローのニットにオフホワイトのパンツスタイルだ。天文台のある山頂まで車で行けるが、辺りを散策することを考えて、スニーカーを履いている。壮真も白のVネックシャツにジーンズ、それにカーキのジャケットという動きやすい格好だ。

壮真は座席を少し倒してゆったりと背中を預けた。そうすると桃香の穏やかな寝顔がよく見えて、愛おしさで胸が温かくなる。

いろいろな誤解があって、長い間、片想いをする羽目になってしまった。ようやく〝兄〟から恋人になれたのは、三カ月前のこと。

（でも、お互い好きで一緒にいた期間が長かったから、早すぎるってことはないはずだ）

心置きなく新婚旅行に行けるように、翻訳業務を外注する手筈も整えた。あとは桃香にＯＫをもらうだけだ。

壮真はジャケットのポケットを軽く触って、小箱の存在を確かめた。ロマンス小説が大好きな桃香に、小説よりもロマンチックなシチュエーションで想いを伝えたい。

壮真は左手を伸ばしてそっと桃香の右頬に触れた。すると、桃香は眠ったまま、壮真の手に頬をすり寄せる。

小動物のようなその仕草がかわいくて、壮真が思わず笑みを零したとき、桃香はふっと目を覚ました。

「あれ……もう着いたんですか？」

桃香は目をこすりながら窓の外をきょろきょろと見た。サービスエリアの文字を見て、不思議そうに首を傾げる。

「サービスエリア……？」

「ああ、桃香が気持ちよさそうに寝てたから」

「えっ、すみません。お腹いっぱいで眠くなっちゃって……」

「気にしなくていい。俺が桃香の寝顔を見ていたかったんだ」

壮真がそう言った途端、桃香の頬がさっとバラ色に染まった。

(本当にかわいいな)

その思いを言葉にして伝えたら、桃香の頬がさらに赤くなった。

どうしようもなく愛おしくなってキスしたい衝動に駆られたが……ここは駐車場で、目的地はまだ先だ。

「そろそろ出発しようか。あと十五分ほどで着けるはずだ」

「はい」

壮真は座席を起こして、ゆっくりと車をスタートさせた。


壮真の予想通り、目的地である宿泊施設のある天文台には十五分で到着した。

駐車場に車を駐めたときには、辺りはすっかり暗くなっていた。

敷地内の管理棟に行って、予約していたロッジの鍵を受け取る。

ロッジは六つあり、壮真たちのロッジは管理棟から一番離れたところにあった。

木造のきれいな建物で、ベッドルームのほかに、バスとトイレ、キッチンとリビングまである。テレビはもちろん、冷蔵庫に簡単な調理器具まで備えつけられていた。

「わあ、壮真さんのマンションと同じくらい広いですねぇ」

桃香は感動したような声を出し、リビングの椅子の上に薄手のコートと荷物を置いた。一泊の予定なので、荷物はボストンバッグとショルダーバッグだ。

壮真はスポーツバッグを隣の椅子の上に置いた。

「桃香」

壮真は桃香の腰に手を回して抱き寄せた。

「壮真さん?」

壮真を見上げる桃香の瞳に自分の顔が映っている。本当ならこのままベッドに連れていきたいところだが……これから大事な予定がある。

壮真は桃香の鼻先に軽く口づけた。

「桃香、星を見に行こうか?」

「そうですね。楽しみにしてたんです」

「コートを着ていくといいよ」

壮真はコートを広げて桃香に着せた。

「ありがとうございます」

壮真が左手を差し出すと、桃香が右手を重ねた。温かくて柔らかなその手にそっと指先を絡める。

ロッジの外は心地よい涼しさで、壮真は小道を踏みしめながら、敷地の外れにある広場を目指した。

日中はバーベキューができるそうだが、この時間は星座観測の邪魔にならないよう火の使用が禁止されているため、広場には誰もおらず、桃香と二人きりだ。

「あそこに座ろうか」

壮真は木製のベンチを見つけて、桃香と並んで座った。広場は周囲を山に囲まれていて、辺りは真っ暗だ。都市の明かりは遠くの方に小さく見えるだけ。視線を上げたら、都会では見られないたくさんの星が瞬いている。

つられて夜空を見上げた桃香が、感嘆の声を上げた。

「わぁー……まさに満天の星空ですね！　すごくきれい……。手が届きそうな星空とか、降ってきそうな星空って、こういうのを言うんでしょうね……」

桃香が壮真に笑顔を向けて言う。

「壮真さん、連れてきてくれてありがとうございます！」

星明かりの空の下、桃香の笑顔はなによりも輝いている。

この笑顔を独り占めしたい。

壮真はベンチから立ち上がって、桃香の前に片膝を突いた。

「ど、どうしたんですか？」

桃香が驚いて立ち上がった。

壮真はポケットからベルベットの黒い小箱を取り出し、蓋を開けて桃香に向けた。

中央の大粒のダイヤモンドをメレダイヤモンドが取り囲む華やかなデザインのエンゲージリングが、星明かりを浴びて幻想的に煌（きら）めく。

「桃香、俺と結婚してほしい」

桃香は大きく目を見開いて、両手を口元に当てた。

「付き合い始めてまだ三ヵ月しか経ってないから、早いと思うかもしれない。だが、桃香を大切に想う気持ちは、これまでもこれからも絶対に変わらない。桃香、君を心から愛してる。桃香を幸せにできるのは俺だけだし、俺を幸せにできるのは桃香だけだ」

「壮真さん！」

桃香は壮真の首に両手を回して抱きついた。壮真は片膝を突いたまま、左手を桃香の腰に回す。

「嬉しいです。壮真さん、私も壮真さんを心から愛してます」

桃香が頰を壮真の頰に押しつけた。頰を伝った温かいものは、彼女の嬉し涙だろう。

「桃香」

壮真はゆっくりと立ち上がった。エンゲージリングを抜き取り、ケースをポケットに戻す。

桃香の左手を取って、薬指にそっとはめた。

それはそこにあるのが当然というように、桃香の指にぴったりと収まった。

「すごくステキです。空の星を全部集めたよりもきれいです」

桃香はうっとりした表情で左手をかざした。

「桃香の方がきれいだよ」

壮真は桃香の左手を取って、手の甲にそっと口づけた。桃香ははにかんだ表情で彼を見る。

涙で濡れた桃香の瞳は、空の星を全部集めたよりも美しくキラキラと輝いていた。

あとがき

初めましての方も、お久しぶりの方も、こんにちは。

このたびは『イケメン社長の一途な愛は甘くて重くて焦れったい』をお読みくださいまして、ありがとうございました！


今回のお話はまさにタイトル通り（笑）！　お互い一途に想い合っているのに、距離が近すぎるがゆえに、気持ちを伝えられない！

んもう、焦れったい！

となっていただけたのなら嬉しいのですが、いかがだったでしょうか？

外見はワイルド系のイケメン社長なのに、恋には意外と臆病という、私の中ではかなりの萌えヒーローです。

互いを思いやりながらも、今までの関係が壊れるのが怖くてなかなか一歩が踏み出せない。

そんな二人にジレジレしつつ、想いが通じ合ったとたん、タガが外れまくったイケメン社長の溺愛物語をお楽しみいただけましたなら、とても嬉しいです。

本作のイラストは、敷城こなつ先生が描いてくださいました。超キュートなヒロイン桃香と、桃香が好きすぎて（桃香が幸せになるまで見守りたいと言いつつ）絶対に離す気がなさそうなヒーロー壮真のとってもステキなイラストです。

こんなふうに大好きな人に後ろからギュッてされるのは、この上なく幸せですよね。それも壮真みたいにステキな人だったら……。はぁあ……（妄想中）。

最後になりましたが（妄想から戻ってきました）、本作の出版にあたってご尽力いただきましたすべての方々に、心よりお礼を申し上げます。

そして本作をお手に取ってくださった読者の皆様、本当にありがとうございます。読んでくださる皆様の存在が、作品を書く一番のエネルギーです。

最後までお付き合いくださいまして、本当にありがとうございました。またいつかお目にかかれますように！

ひらび久美

ルネッタ🄻ブックス

オトナの恋がしたくなる♥

変わりたいんだろ？　大丈夫だから、
怖がらないで素直に感じて

〝大人の魅力〟のための
疑似恋愛の恋人に溺愛されて…!?

ISBN978-4-596-01624-9　定価900円＋税

Fake

イケメン御曹司には別の顔がありました

KUMI HIRABI

ひらび久美

カバーイラスト／藤浪まり

ランジェリーのデザイン担当に抜擢されたけど、恥ずかしくてセクシーなデザインができない絵麻。連れていかれたお店で出逢ったバーテンダーのリュウに〝大人の魅力〟を追求するため『疑似恋愛』を頼むことに！「ここから先は本当に好きな男としなさい」本当に好きになってしまった彼が、実は初恋相手だったなんて——さらに彼にはまだ秘密があって!?

ルネッタブックス

イケメン社長の一途な愛は甘くて重くて焦れったい

2023年4月25日　第１刷発行　定価はカバーに表示してあります

著　者　ひらび久美　©KUMI HIRABI 2023
発行人　鈴木幸辰
発行所　株式会社ハーパーコリンズ・ジャパン
東京都千代田区大手町 1-5-1
03-6269-2883（営業部）
0570-008091　（読者サービス係）

印刷・製本　中央精版印刷株式会社

ISBN978-4-596-77049-3

※この作品はフィクションであり、実在の人物・団体・事件等とは関係ありません。